ソニア
聖国アルノーツの第一王女。
『草木を枯らす偽聖女』と
言われてきたが
身代わりで敵国に
嫁いでからその力に
変化が見え始め…？

「シャ、シャルル様」
「ずっと大切にする。俺の最愛」

身代わりの

落ちこぼれ生贄聖女は敵国王弟に溺愛される

~処刑の日は
いつでしょう?
え、なぜこんなに大事に
されてるんでしょうか~

*Why do you love me
when you know I am
a false saint?*

著者 三崎ちさ　イラスト 牛野こも

目次

第一章　聖女の嫁入り

「ティエラリア王国、万歳！」

「聖女様！　万歳！」


ティエラリア王国は今日、聖国アルノーツより花嫁を迎えた。

名はソニア。透き通るような美しい金髪の乙女だ。アルノーツ王家に生まれた女性はみな、神の祝福を受けていて、生まれつき特別な力を持つ。彼女たちは『聖女』と呼ばれる存在である。

遡ること半年前、ティエラリアとアルノーツは戦争状態にあった。きっかけは聖国アルノーツによる侵攻。しかし、攻めこまれたティエラリアは優勢に立ち、和睦《わぼく》の条件としてアルノーツの『聖女』を求めた。

そして、差し出されたのが彼女、ソニアだった。

彼女はアルノーツの第一王女だった。アルノーツの姫は二人いたが、姉のほうを差し出してくるのは、かの国なりの誠意だったろうか。

世界で唯一、奇跡の力を持つ存在、『聖女』を有しているアルノーツ。アルノーツは、ただそれ《聖女》だけで栄えている小国だった。世界中にはびこる魔物はこの国にだけは現れないし、気候も穏やかで、大地の恵みも豊かだった。

対して、ティエラリアは貧しい土地に築かれた国だ。短い春と夏、一年の大半を真白の雪と共に過ごす。

もしも『聖女』がこの国にいれば少しは暮らしやすい国になるだろうか、豊かになるだろうか。そんな期待をもって、ティエラリアは聖女を求めた。

望んで迎えたわけではない戦争だったが、魔物との戦いで戦慣れをしていたティエラリアは勝利をおさめた。侵略者アルノーツへの憤りを抱える国民たちを納得させるためには『何か』を求めなくてはいけなかった。その『何か』に『聖女』はちょうどよかったのだ。

世界唯一の存在である聖女を差し出すのはさすがに渋るかと、半ばダメで元々、試してみよう程度に申し入れた要求は驚くほどあっさりと受け入れられた。

（……美しい娘だ）

彼女の夫となるティエラリア王国王弟・シャルルは結婚式を挙げるこの日に初めて彼女と会ったが、その儚げな美しさに息を呑んだ。

大聖堂のステンドグラスごしに差し込む光に照らされた、純白のドレスを身に纏う彼女はまるで地上に舞い降りた天使と見紛うほどだった。背筋を伸ばし、まっすぐと前を見つめる青い瞳、その美しさ。

シャルルは――いや、ティエラリア王国は捧げられる花嫁を丁重に扱うと誓っていた。その娘の容姿や人格にかかわらず、一人の人間を迎え入れるにあたる誠意を尽くそうと。

花嫁の姿を見て、シャルルはより一層強く誓いを胸に刻んだ。

政略結婚。それも、和睦の条件として強制的に身を捧げさせた立場だ。パレードの間ずっと感情が読み取れない貼り付けたような微笑みを浮かべている彼女の横顔を見て、罪悪感がチクリとシャルルの胸を刺した。だが、個人的な感情は脇に置いておくべきだろう。これは国同士の婚姻なのだから。

シャルルにできることは一人の人として彼女のことを知り、そして彼女を愛することだ。

彼女の心の支えになるものが何もないこの国で、夫である自分がまず一番に彼女の支えになれるように。

シャルルとソニアの結婚にまつわる式典は終わった。夜を迎え、シャルルは身を清めると今日妻となった彼女が待つ寝室へと向かった。

彼女は身を小さくして、大きなベッドのふちに腰掛けていた。式のときに見たものとは違う妻の姿に、知らず知らずのうちにシャルルの眉根には力が入っていた。シャルルは努めて柔らかい口調で彼女に声をかける。

「……今日は疲れたろう。眠くなっていないか？」

「……」

ソニアは俯いたまま、答えない。シャルルはサイドボードに用意してあった蜂蜜酒のボトルと小さなグラスを手に取った。濃い黄金色の液体がとぷとぷと杯を満たす。それを持って、ソニアの横に腰掛けた。

「……蜂蜜酒は嫌いじゃないか？　うちの酒は度数が強いものばかりだが、若い女性が好むというものを異国から取り寄せたんだ。よかったら、これを飲み干すまでだけでも話をしないか？」

彼女は杯を受け取りはしたものの、口をつけようとはしない。添えられた白魚のような細い指先は小さく震えている。

「顔色が悪いな。今日はもう寝てしまおうか。君が今日のこと《初夜》をどう聞いているかはわからないが、なにも今日無理に務めを果たさなくとも良いと、俺はそう考えている」

シャルルは立ち上がる。寝台がギッと重く軋んだ音を立てた。

それを皮切りに、ソニアは口を開いた。

「……ごめんなさい」

「ん？」

しかし、その声はシャルルには聞き取りづらく、身を屈めて彼女に顔を寄せれば、潤んだ青い瞳とばちりと目が合った。彼女は瞬間、早口で繰り返し始める。

「ごめんなさいごめんなさいごめんなさいごめんなさい」

「……？」

彼女の美しい手から杯が落ちる。真鍮でできたそれは鈍い音を立てて床に転がり、蜂蜜酒の甘い香りが広がった。

反射的にシャルルの目がそちらに向かった。――その刹那。

「わ、私はあなたに愛される資格はありません！　私は父の思惑により送り出された力を持たぬ落ちこぼれ聖女！　しかし、私と父は罪深いなれど民に罪はありません！　どうぞ私めの命を以て矛をお納めいただけないでしょうか⁉」

彼女は堰《せき》を切ったようにまくしたて、そしてどこから取り出したか短剣を喉元に突き付けた。

さすがにギョッとしてシャルルは彼女の細い腕を掴む。

「――待て、落ち着け」

「ああっ！　カーペットが！」

目線を下に下ろせば、こぼれた蜂蜜酒がカーペットに深い色のシミを作っていた。

「申し訳ありません！　こここここのっ、このように高そうな……お敷物を、汚すなど！　ううっ、この命、捧げます！」

「待て、とにかく、落ち着け」

「はっ、はい、わかりました。然るべき罰を受けます……。斬首刑《ざんしゅけい》でも、縛首《しばりくび》でも、磔《はりつけ》でも、ええと、なんというかはわかりませんが餓死させるやつ……とかでも……。あなたの国で一番むごたらしい罰で私の罪をぬぐってくださいませ」

「うん、もう少し落ち着いてほしい」

「は、はい。己の手で死を選ぼうとするなど……この期に及んで烏滸《おこ》がましいことを望み、申し訳ありませんでした……」

「もう少し、その方向から離れようか」

美しきアルノーツの花嫁、ソニアは幼子のように背を丸め、正座の姿勢で座り込んでいた。

　しばらくその体勢のまま、肩を上下させ嗚咽《おえつ》していた彼女だったが、やがて落ち着くと、涙で潤んだ青い眼でシャルルの顔を見上げた。

「……私はアルノーツの第一王女です。それは間違いありません。ですが、私には……アルノーツの王女ならば持ちえるはずの、聖女としての力がないのです。聖女が持つという奇跡の力を使おうとすれば木々や作物は枯れ、傷つく人を癒やすどころか……より人を苦しめるような、そんな呪われた力を持った女なのです」

「……」

「本来ならば、真に聖女である妹のアイラがこの国に嫁がなければなりませんでした。ですが、父とアイラは婚姻を嫌がり、落ちこぼれで能なしの私を押しつければいい、と……」

　再び大粒の涙が彼女の瞳から溢れ落ちる。

「……申し訳ありません。私は、聖女の血統でありながら、聖女の力を持ち合わせなかった……王家にとっての忌《い》み子《ご》なのです」

「……なるほど。話は理解した」

「はい……。私の入る牢はどちらでしょうか……」

　シャルルは首を横に振る。

「君は両国の親交の証しである花嫁だ。今この場で君を裁くわけにはいかない」

「……ですが、我が国が私をあなたの花嫁として送り込んだことは貴国への裏切りでございます」

「事実がそうであっても、だ。そもそも君一人の証言のみでそれを判じることもできない。……そうだな、調べる時間が必要だ。少なくとも、その間、君を罪に問うことはない」

シャルルは彼女を落ち着かせようと、優しく見えるように目を細めた。床にしゃがみ込んで彼女と目線を合わせ、震える小さな肩に手を添える。湯浴みをしたはずなのに、彼女の身体はひどく冷たくなっていた。

「よく話してくれた。勇気のいることだったろう、ありがとう」

「そ、そんな……私は……」

「君がこの国に来てから今日まで、休まる瞬間などなかったろう？　せめて、今夜くらいは穏やかに寝てほしい。この私、ティエラリア王国王弟シャルルが深い闇夜から朝の日差しを受けるそのときまで、君の安全を約束しよう」

「……あ、ありがとう……ございます……？」

ソニアはぱちくりと大きな瞳を瞬かせた。お礼を口にしつつも、シャルルが言った言葉の意味を噛み砕けてはいない様子だった。

「とはいえ、どうかな。寝具が変わってはよく眠れないかな？」

「いいえっ、夢のごときフワフワベッド！　実を言うと、私、あなたさまをお待ちしている間に眠りの国に誘われぬようにと必死でした！」

「そうか。それはよかった」

ぶんぶんと首と手を振るソニアにシャルルは微笑む。――彼女も王族であるのなら、寝具のグレードは同程度では？　とソニアの大袈裟な反応にいささかの疑問を持ちながら、今は気にしないことにした。ソニアはシャルルの笑みに白い頬を染める。

「え、ええっと」

「……夫婦の初夜だよ。それを邪魔する人間はこの国にはいない」

　偽りの花嫁として送り出された彼女は非常に怯えている。いつ殺されてもおかしくないと思い込んでいる。自分が言葉を尽くして「あなたを罪人として処するつもりはない」と言ってもそうやすやすとは信じないだろう。

　シャルルはそっと彼女に囁く。

「あなたの罪の告白を聞いたのは俺だけ。誰も、貴方の罪に気づいてこの部屋に、ましてや閨《ねや》の中までにはやってこないよ」

「……は、はい」

「申し訳ないが、今日はあなたの夫である俺の隣で寝てくれ。それなら俺はあなたを守ってやれる」

　シャルルはソニアの手をとって立たせると、ベッドまで導いた。そして彼女を寝台に横たえて、自分もその隣に寝転がる。泣き腫らした目を丸くして彼女はシャルルを見ていた。

「安心して。寝るだけだよ。夫である俺があなたの隣で寝ているのに、あなたを罪人として取り立てようとする人物など現れない。だから、安心しておやすみ」

「はっ、ははは、はいっ」

ガチガチと歯を鳴らしながら答えた彼女は眠りにつけるだろうか。

シャルルが不安に思う間もなく、彼女は瞳を閉じるとすぐに眠りの国に誘われたようだ。

（……ひどい隈だな）

式のときは厚い化粧を施されていたから気づかなかった。今だって自分との初夜に備えて薄化粧くらいはされて送り出されてきただろうに。このまま床についても差し支えない程度に薄くはたかれた白粉では彼女の目の下に刻まれた濃い隈は覆い隠せなかったようだ。

明日以降、彼女について、そしてアルノーツ王国のことについて調べなくてはと思考を巡らせながら、シャルルもまた眠りについた。

◆◆◆

「そうだ、お前が行けばいい」

ソニアはアルノーツ王家に生まれておきながら、『聖女』の力を持たない女だった。

ソニアが祈れば草木は枯れ、人の傷を腐らせる。本来であれば聖女が祈れば花は咲き乱れ、木木は豊かな実を実らせ、傷ついた人を癒やし救えるはずなのに。

アルノーツ王家はソニアの存在を認めなかった。ソニアよりふたつ下の妹、アイラは『聖女』と呼ばれるにふさわしい乙女だったので、父も母も、仕える従者たちでさえ皆、ソニアを蔑ろにして聖女アイラをかわいがった。

聖女の存在のおかげで富と平和のあったアルノーツは、北に位置する貧しい雪国ティエラリアに攻め入った。ティエラリアは一年のほとんどを雪と共に過ごす痩せた土地の王国だ。しかし、領土は広かった。また、世界でも有数の魔石の生産地でもあった。アルノーツはそれを欲しがった。アルノーツの持つ聖女の加護さえあればこの痩せ切った土地すらも豊かにできる、いや、してやろうではないかという慢心で侵略しに行き、そして敗北した。

ティエラリアには魔物が多く出没し、兵は戦い慣れていた。さらには、ティエラリアの大地にのみ生息する『フェンリル』という家畜化した大型の魔物も駆使し、ティエラリアは終始圧倒的な優勢を保ち続けていた。

さて、敗戦国アルノーツは降伏を求められた。ティエラリアが示した和睦の条件はアルノーツ王家にのみ生まれるという『聖女』をティエラリア王家に嫁がせること。聞き入れられなければ、今度はティエラリアがアルノーツに攻め込むと言われ、アルノーツは苦渋の末、この要求を受け入れることとなった。

「あたし、いやよ！　絶対！　あんな雪しかない貧相な国になんて行きたくない！」

「おお、かわいそうなアイラ！　神の愛し子アイラが、あんな魔物と共に住む野蛮な国に行くだなんて……」

聖女アイラとその母マルガレータは抱き合っておいおいと泣いた。アイラはひとしきり泣いて鼻を啜ると、「そうだわ」と今度は鈴を転がしたような愛らしい声で言ったのだった。

「……アルノーツの姫はもう一人いるじゃない！　お姉様！　お姉様がティエラリアに行けばい

いのよ！」

　家族の集まる居間で、従者を含めたみなの視線がソニアに集まった。ソニアはぽかんと青色の瞳を瞬かせるが、周りの人は揃ってアイラの言葉に「そうだそうだ」と頷き、高揚しだした。

「――そうだ、お前が行けばいい」

「お、お父様。でも、かの国が求めたのは『聖女』でしょう？　私には聖女の力は……」

「『聖女』の力はないが、お前にも一応奇跡の力はあるじゃないか。『厄災』の奇跡の力がな！　ハハッ、お前がアルノーツ王家の娘であることは嘘じゃないんだ、特別な力だって持っている。……では、お前を花嫁として送り出すことに不足はあるまい？」

「そうよ、あなたは長女ですもの。次女よりも長女を差し出すほうが誠意を見せられるというものよ」

　一度たりとも長女としてアイラよりも優先して教育を受けたことなどないソニアは母の言い分に困惑する。ただアイラよりも早く生まれてきたというだけで、ソニアには王女としての教養もなければ自覚も、自信も、品性もない。何も教えられてきていないし、何も与えられてきていなかったのだから。

「よし、決まりだ。おい、マルコ。話は聞いていたな。早速ティエラリアに返事を出せ。こちらからはアルノーツの第一王女を差し出すとな！」

「かしこまりました」

　ソニアは息を呑む。かの国に嘘をつこうとしている――私を偽りの聖女として送り込もうとしている。国を略奪せんと侵攻してきた敗戦国に最大限譲歩しようとしてくれているのに、こんな不義理をすることはあってはならない。

　止めなければ。しかし、ソニアにはどうしたら彼らを止められるのかがわからなかった。ソニアには知恵がなかった。与えられるべき教養を与えられてきていないからだ。

「……お前さえ黙っていればいい。どうせ本当に『聖女』かどうかなんてわかりっこないんだ。力を見せろと言われたら、お前の『厄災』の力をこれが聖女の奇跡だと言い張ればいい。ははっ、痩せ切った大地のあの国にはお似合いだな！　元々朽ちている大地だ、お前が力を使ったところでわからんかもな！」

「落ちこぼれ聖女のお姉様には痩せっぽちの王国のほうがお似合いだわ！」

　父とアイラがアハハハ！　と高笑いする。

「そ、そんなことをして、かの国のお怒りを買ったら……！」

「フン。そうだな……お前が罰を受ければいいんだ。それだけの話だ」

「お、お父様が、責任を問われたらどうなさるんですか」

「……この国を出たから加護を失い、聖女としての本来の力も失ったのだとでも言えばいいんじゃないかしら？　そうしたらお姉様を送り出した国の責任はなくなるわ！」

「おお、なんて賢い子なんだアイラ！　そうだ、これでなんの憂いもない！　おい、ヒルダ！　この薄汚れた娘を連れてけ、輿入れまでにせいぜい見れる見た目になるよう飯を食わせて肌を磨いてやれ！」

「はい。では、ソニア王女。こちらへ」

「……ッ！」

　ガッシリとした体躯の侍女に肩を掴まれて否応なしにソニアは居間から退去させられた。——そしてソニアはティエラリアに嫁ぐその日を迎えるまで、自室から出ることは叶わなかった。

　出立の朝、慌ただしく支度をし、馬車に放り込まれて数日。アルノーツの送りの馬車は国境に到着してソニアをティエラリア王家の遣いに引き渡すと、さっさと愛想なく帰っていった。ティエラリアの従者はそれを不思議そうにしていたが、ソニアに優しく笑いかけ、柔らかい座面の馬車に乗せてくれた。ここは寒い国だからと毛布もくれた。

　温かな毛布に包まり、一週間ほどの馬車の旅を経てソニアはティエラリアの王都に到着する。

「そなたがアルノーツの姫か。よくぞ来てくれた」

　国王陛下に拝謁し、道中の労を労われ、ソニアは豪勢な食事と温かい湯と寝床でもてなされた。あれよあれよと接待を受けるので、圧倒されてしまったソニアはこの期間のうちに、「本当は『聖女』の力がない」とは言うことは叶わなかった。

　あっという間に迎えた王弟殿下との婚姻の日——。

（うえぇぇ、ど、ど、ど、どちゃどちゃのイケメン〜！）

　ソニアは旦那となるその人、ティエラリア王国王弟殿下シャルルの容姿に度肝を抜かれていた。濃い銀の髪の美青年。澄んだオリーブグリーンの瞳を縁取るまつ毛などは自分よりも豊かなのではないかと思う。ティエラリアは雪が深い国だから、だろうか。まつ毛は眼球の保護の役割を果たしている。寒い国、雪が降る土地だからこそ、降りしきる雪から眼球を守るために、もしかしたら彼だけでなく、この国の人たちはみなまつ毛が発達しているのかもしれない。どうだろう。

ソニアの思考は脇道に逸れた。

ともかくとして、ソニアの夫となるその人、ティエラリア王国王弟シャルルはとてつもなく顔の整った男だった。

ソニアは恐ろしくなった。

自分のような役立たずの落ちこぼれが、いくら『生贄の政略婚』だからといって、こんな美丈夫と夫婦になっていいのか？　と。

（私、死ぬのでは？　いえ、殺されるのでは？　少なくともアイラには殺されそう）

アイラは一国の王女でありながら大層な男好きだ。特に美形は大好物である。もしも婚姻相手のこのシャルルという男がここまでの美男子だとあらかじめ知っていれば妹は喜んでこのティエラリア王国に嫁いでいったかもしれない。

ソニアはなるべくシャルルの顔を見ないように努めた。前だけ、前だけ見ていようと、視線のターゲットにしておくのにちょうどよい教会の女神像を真剣に見つめた。高い位置に設置してある女神像を見上げていれば、自然と背筋も伸びていい感じだ。

そうこうしているうちに、式は終わった。

パレードも、凄まじい観衆にものすごい熱気で祝福の雨をもらい、情報量の多さに頭をパンクさせているうちに終わっていた。

おそらく、さすがの父も国同士の結婚、それも和睦のためのものであるから、この日に合わせてティエラリアに向けて出立し、式にだけは参列していたはずだが、父がどこにいるのか探そうとする余裕もなかった。

ソニアの意識が覚醒したのは、身体を磨き上げられ夫婦の寝室に送り込まれたそのときようやくだったのだった。

◆◆◆

朝起きると、目の前にあったのは豊かな銀のまつ毛を伏せたまぶた、通った鼻筋、形の良い薄い唇――。

「！？！？！？！？！？」

ソニアは一瞬にして目を覚ました。

（そっ、そうでした！　き、昨日、私はシャルル様からお情けを受けて一夜の延命を受けたんでした！）

彼はまだ眠っているらしい。規則的で穏やかな寝息がわずかに聞こえる。

（シャルル様のおかげで……私はこんなにフカフカで暖かな寝床で一夜を過ごすことができました……。でも、きっとシャルル様がお目覚めになったら、すぐにでも私は牢に勾留《こうりゅう》されることでしょう……）

——起きたのにいつまで経っても彼と同じ布団に入っているのは良くないのではないか。さっさとベッドから降りて、彼が目覚めるまで地に伏せ続けているのが筋ではないか？　でも、私がゴソゴソとしたせいで彼を起こしてしまったらどうしよう？

「……ん？」

　などとソニアが狼狽えているうちに彼は目を覚ましたようだった。

「ああ、起きていたのか。おはよう」

「おっ、おおおおはようございますっ」

　寝起きの彼の声は少し掠れていて色っぽかった。ドギマギしながらソニアは返事をする。あまり朝に強くないのか、シャルルは目元を何度も擦っていた。

「……昨日はよく眠れただろうか」

「はいっ、おかげさまで……」

　受け答えの途中でソニアはハッとしてベッドから飛び降りると、床に頭をこすりつけるように平伏した。

「昨夜はお慈悲をいただきありがとうございました！　この夜のことは一生忘れません！」

「君の気持ちはわかった。なんだか変な誤解を受けそうな言い方はやめようか。……いや、夫婦なのだからまあ……だが、なんにしろ誤解を招く……」

「私は貴方様と、そしてこの国に感謝の意を抱きながら死ぬ覚悟ができました。……さあ、牢へお連れくださいませ」

ソニアが手首をそろえて差し出した両手をシャルルは目を眇《すが》めて眺める。ソニアは沈黙が耐えきれず目をぎゅうっと瞑った。

やがて、ベッドのスプリングがギッと鳴る。シャルルが立ち上がったのだ。そして、彼はソニアの手を自らの手で覆う。罪人にするものとしては、違和感を覚えるほど優しく。「ん？」と首を傾げ、思わず目を開けると、眼前には困ったように笑う美男子がいた。

「……まずは朝飯とでもいかないか？」

……ご飯⁉

ソニアは「えっ⁉」と裏返った声をあげた。

シャルルが使用人を呼ぶベルを鳴らしてそう時間を置かず、ワゴンで朝食が運ばれてきた。

「普段はこの部屋で食べることはないんだが。まあ、今日くらいはいいだろう。ただ明日からは兄夫婦と揃って食堂で食べることになると思うから、そのつもりではいてくれ」

「私に明日があるのですか⁉」

思わず食い気味に叫んだソニアにシャルルは片眉を下げた。困ったような表情に「あ」とソニアは赤くなった頬を押さえて俯く。

ソニアは朝食を待つまでの時間に、身支度を簡単に調えてもらっていた。夜着から動きやすい簡素な――しかし色合いがきれいでかわいらしいデザインのドレスに着替えさせてもらったソニアはその時点で困惑していたが、机に並べられた湯気を立てる食材の数々に困惑を加速させた。

「……シャ、シャルル様は、その、大食漢でいらっしゃるのですね……？」

「何を言うんだ、俺一人のじゃない。君の分も一緒だよ」

ソニアは信じられない思いでますます目を丸くする。

「……私がこんなにいただいても、よろしいのですか……⁉」

「ああ、量が多かったか？　食べきれないなら無理はしないで。食べ残しても城で飼っているフェンリルにあげてしまうから、無駄にはならないよ」

罪人の私が……？　とソニアは首を傾げる。

シャルルに罪を告白する前、花嫁として接待を受ける中で豪勢な食事を用意されていたのはまあわかる。和平の証しとしてやってきた花嫁を粗末な食事でもてなすわけにはいかない。

この国に来るまで、こんなにもたくさんの料理を眺めたことがソニアにはなかった。

ソニアが食べるのは妹と母が「いらない」と笑いながらよこす、なんなのかあまりよくわからないおいしくない料理ときまぐれに料理長がよこす硬くなったパン切れに具のないスープ。

出立前に慌てて太らせようと用意されるようになった食事だって、こんなに豪華じゃなかった。

とにかく毎日バターがたっぷりのミートパイとビスケットばかりを食べさせられていたのに。

おかげで胃がもたれて、結婚式の日までに用意された食事はほとんど口にできずにいた。

（……これは、罠では……？）

湯気を立てる品々を見下ろしてソニアはまたも首を傾げた。

（実は、この料理……私の分にだけは毒が入っているのでは……。罪人の腹を満たし、美食に舌

鼓を打つ絶頂の中、幸福に死に至れるようにご配慮いただいている……⁉）

核心に迫ってハッとするソニアにシャルルは怪訝な声を投げかける。

「どうした。君も食べるといい。昨日の式の最中に出た食事はほとんど食べられなかったろう？」

「は、はい、そう……ですねっ」

正直、今もあまり腹は空いていない。式の最中も緊張が極まりすぎてお腹が空く余裕もなかった。

だが、食べねばならぬだろう。罪人のソニアに恩情がかけられ、幸福の最中《さなか》に死に至れるように、こうして配慮がされているのだから。

ソニアは一番食べるのが楽そうだからという理由でスープに手を伸ばした。スプーンで掬い、口に運び――その瞬間、ソニアはガタッと椅子を揺らした。

「……あつっ――」

熱い。不作法だとわかっていても、つい慌ててスプーンをガチャンと置いてしまった。

「大丈夫か？　すまない、うちの国で出す料理は全部熱々なんだ。寒い国だから、熱すぎるくらい熱くした料理を出すというのが思いやりという文化になっていて……君には配慮すべきだったな」

シャルルの言葉をどこか遠くで聞きながらソニアは一人、ああと小さく震えた。

「……そうか、スープは、本来は熱いものでしたね……」

「……うん？」

「すみません、熱いスープに慣れていなくて……。そうでした、スープは熱いものでした……」

「あ、ああ。特にうちのスープは熱かったろう？　ほら、水を飲んで。ゆっくり食べたらいい」

「はい、ありがとうございます……」

　シャルルの促しを受けてソニアは水を飲んだ。おいしい。ヒリヒリとした舌の感触が少しずつ和らいでいく。

「……ありがとうございます。シャルル様……」

「いや、構わない。何も説明せず、悪かった」

「いえ、スープは熱くて当然ですから……」

　無教養な姫のソニア。スープすらまともに飲めないところを晒してしまい、ソニアは羞恥でいっぱいになった。火照る頬を押さえて目を伏せる。

「君が食べやすいものを君のペースで食べればいい」

「はい、ありがとうございます……」

　そうだ、食べねば。シャルル様のお優しさに報いなければ。

　そう思って以降は丹念に冷ましてからスープを飲み、豆と干し肉の煮込みをパンにつけて食べたのだが、しかし。

（……あれ？　私、死んでない）

　首を捻り続けるソニアにシャルルが声をかけた。

「ソニア。俺は仕事があるから出ていくが、君はここでゆっくりと休んでいてくれ。君の侍女を紹介しよう。さっき、着替えのときも会ったはずだな？」

「はっ、はいっ」

シャルルが手で指し示した栗色の髪をきっちりと編み込んだアップスタイルの女性に、ソニアは目をやる。彼女が頭を下げると編み込まれた黒いリボンが見えた。

「改めまして、わたくし、リリアンと申します。ソニア様の専属侍女として任命されました。何かありましたら、どうぞお気軽にお申し付けください」

「そそそそんな私になどに頭は下げずにどうか」

「ありがとうございます。奥様がお優しそうな方で、安心いたしました」

ニコ、と髪と同じ深い栗色をした猫目型の瞳をリリアンは細めた。

（か、かわいい……きれいな美少女という感じの人だ……！　かわいい……！）

ソニアよりもだいぶ背は低いし顔立ちは幼げであるように見えるのだが、その微笑み方がどうにも大人っぽく見えてソニアは動転した。

「夕刻には戻ってくる。夕飯も一緒に食べよう。では、行ってくる」

「シャルル様、行ってらっしゃいませ」

「い、いってらっしゃいませ！」

リリアンにつられてお見送りの一言を投げかけてから、ソニアは「あ」と口を噤んだ。

（——偽りの花嫁の私が！　こうも馴れ馴れしく『いってらっしゃいませ』などと!?）

ソニアは平伏する構えをとった。

「……ありがとう。行ってくるよ」

「⁉」

サッと前屈姿勢になった瞬間、ソニアの頭にシャルルの手がポンと置かれた。そのままなでなでとされてソニアはフリーズする。

「あっ、すまない、つい。対等な立場にある女性にする振る舞いじゃないな……」

「いいいいいいいえっ⁉」

「すまない。今後気をつける。つい……なんというか、職業病かな……」

――つい、人の頭を撫でたくなる職業病とは？　頭の中にさらなる疑問符が浮かぶ。

苦笑しながら部屋を出ていくシャルル。ソニアはポカンともうすでに閉まっている扉を眺めていた。

そんなソニアに、リリアンがすかさず耳に囁く。

「……奥様。シャルル様はですね、フェンリル騎士団に所属するフェンリルライダーでして。フェンリルを操り魔物を討伐する任があるのです」

「ふぇ、ふぇんりるらいだー」

「フェンリルの飼育、育成もフェンリルライダーの仕事です。……つまり、職業病というのは……」

「……フェンリルを、なでなでする、と……？」

「そういうことです。その、よからぬお仕事ではありませんので、どうかそこはご安心を」

「は、はい。それは、それはもう」

なるほど――。

（私、フェンリル扱い……。――……いや!!　罪人扱いよりは相当マシでは……!?　厚遇！　むしろ、そんな厚遇!!　よいのですか!?）

ソニアの困惑はシャルルの寛大さに感謝するところで落ち着いた。

その後、昼飯を摂ったあともソニアが死を迎えることはなかった。

◆◆◆

「――ふむ。あの花嫁は、『聖女ではない、偽りの花嫁』だった、と」

「……と、本人はそう申しておりますが……」

人払いがされた王の間で二人。王弟シャルルと国王カイゼルは揃って剣呑な表情を浮かべていた。

シャルルは、昨日聞いたソニアの告白を王カイゼルに伝えた。カイゼルはシャルルの髪色と同じ白銀色の髭を撫でながら口を開く。

「なるほど、第一王女を差し出したのは我が国への敬意あってのことかと思ったが、まさかその逆だとは」

「『聖女』の力というものの定義も、我々には計り知れないところであります。……また、彼女自身の性質、なのですが」

　ほう、と顔をますます引き締め、カイゼルはシャルルの言葉に注意を払う。

「どうも自己評価が低すぎる」

「……というのは」

「今も自分は罪人であると思い込んでいて、自分は極刑を受けるのだという未来をなぜか信じ込んでいます。……あの自己肯定感の低さ、己の命を軽んじる性質は一朝一夕に身についたものではない。おそらく、彼女の生育環境に起因したものだと……」

　カイゼルは眉を吊り上げた。シャルルは淡々と続ける。

「彼女の自己肯定感の低さからいうと『自分には聖女の力がない』という言葉をそのまま受け取って良いだろうか、という懸念。それと同時に、第一王女である彼女がそのような人格が形成されるに至った理由として考えられる『本当に聖女の力がなかったから』という可能性。どちらもありえると自分は考えています」

「……しばらくは様子を見るべきだな」

　カイゼルは小さく首を振る。

「ただ、アルノーツ王家が我々を謀《たばか》ろうとしていたことは明白でしょう。表向きは和睦で合意いたしましたが、今後どのような害意を向けてくるかはわかりません。そこは警戒すべきかと」

「ああ。アルノーツの動向は今後も注意深く観察し思惑を探ろう。……彼女が、アルノーツの国でどのような扱いを受けてきた王女であったかもな」

シャルルは深く頷く。

これはシャルルの推測に過ぎないが、彼女は端的にいえば、虐待を受けていたのではないだろうか。

本来持ち得ているはずの力を持たずに生まれ、王家の一員としては認められず粗末な扱いをされて育ってきた、となれば彼女の立ち振る舞い方、言動にも納得がいく。

（彼女がスープの熱さにあれほど驚いていたのは、文化の違いの問題だけではないだろう）

――アルノーツの国ではコールドスープがベーシックなのかもしれないが。だが、彼女は「そうだ、スープは熱いものでしたね」と言っていた。アルノーツの国でもきっと本来スープは温かいはずだ。

目の下に深く刻み込まれた隈《くま》、おどおどとした態度、華奢な手足。それら全てが彼女が普通の育ち方をしていないことを物語っていた。

「私としては、仮に彼女に『聖女』の力がなかったとしても、彼女が我が国にやってきた花嫁には変わりないと考えているが、お前はどうだね。シャルル」

「俺もそう考えています。彼女がどのような身の上であれ……花の王国、神の国から送り出された一人の尊い女性であることに変わりはない」

国王の言葉にシャルルは安堵して、わずかに表情を緩めた。

シャルルは彼女と会ってまだ一日だが、すでにシャルルの胸の内には彼女への情が湧いていた。当然、それはまだ愛しき女性に向けるというものではないが。

さて、話すべきことは話した。シャルルは王の間を去ると相棒の待つフェンリル厩舎《きゅうしゃ》へと向かっていった。

（……朝はだいぶん失礼なことをしてしまった。肩書き上では妻とはいえ、まだ信頼関係を築けていない相手の頭を撫でるなど……）

王城に設けられたフェンリル厩舎は大きく、たくさんのフェンリルたちが生活している。よく世話をしてやっているシャルルが訪れると、すぐさま彼らは瞳を輝かせて尻尾を振りながら一日散にシャルルに向かってくる。突撃してくるフェンリルたちをいなしつつ、彼らを撫でてやりながらシャルルは今朝の振る舞いの反省をしていた。

ただでさえ彼女は自分を、いやこの国まるごと警戒しているだろうに。なぜそんな軽率なことをしてしまったのか。

（……なぜだろう。彼女はとても美しい人だというのに、なぜか……少し……）

——犬っぽいんだよな。

シャルルはストンといく答えに行き着いた、が、この考えは蓋をしておくことにした。いくらなんでも、失礼すぎる。

（自己肯定感は低すぎるが、素直で素朴な……愛らしい人だ）

うん、とシャルルは一人頷いた。寝転がるフェンリルの腹を撫でながら。

「みんな、俺、結婚したんだ。今度お前たちにも紹介するよ、とてもきれいな人だよ」

シャルルの言葉に賢いフェンリルたちはウゥーと高く細い声をあげる。フェンリルが喜びの感情を示すときの鳴き方だ。フェンリルは人の話す言葉の意味のほとんどを理解している。『結婚』というのが番と結ばれるという意味であることも。

シャルルの相棒、メスのフェンリルのファラが彼らを代表してか、シャルルに近づき、シャルルの頬をベロリと舐めた。

◆
◆
◆

アルノーツの花嫁、ソニアは悩んでいた。

（……どうして毎日、こんなにもあったかくて、おいしくて、豪華なご飯が与えられているんでしょうか……？）

毎日、朝昼晩とおいしい温かいご飯が出てくる。罪人の自分に。

罪人ではなかった実家暮らしのときすら冷たくてかたいご飯しか食べたことがないのに。――いや、本当に小さかったときは妹と同じご飯を食べていただろうか？

ありし日の思い出は、すでに記憶の彼方でよくわからない。

それがティエラリアに嫁いでからは、毎日食堂で夫（仮）のシャルルと彼の兄夫婦、つまりは国王陛下と妃殿下が食べるものと同じものを用意されて、一緒に食べている。

ソニアは信じられない気持ちでいっぱいだった。

きっと、このスープを飲んだら今度こそ死ぬ。そういう思いで毎回食事をしているのに、毎回ケロッと生き残っている。おかしい。私は毒が効かない体質だったのかしら……？　とすら思う。用意される食事は毎日とてもおいしい。この生活となって一週間ほど経ち、そろそろ食べられる量も増えてきた。昨日はトロリとした熱々のシチューがおいしかった。もう油断して「あちっ」なんて粗相はしない。

（……もしかして、本当に、毒は入っていない……⁉）

ソニアはハッとする。

なぜそんなことを？　ティエラリア王家の考えがわからない。ソニアは困惑していた。

ソニアの悩みの種は朝昼晩の美食。そして、稀代の美青年であるシャルルとの同衾《どうきん》だ。

――ちなみに、夫婦の営みといったものは、一切ない。本当にただ同じベッド、同じ布団で一緒に寝るだけである。

ソニアはかつて味わうことのなかったふかふかのお布団に包まれるといつの間にか夢の国に誘われてしまうので、「至近距離のイケメン！」にドギマギして寝られないなんてことはないのだが、問題は朝だ。

「……ん……」

（ひー！　い、い、色っぽい声を出さないでください～！）

シャルルはどうも朝が弱いようだった。覚醒間際になると何度も寝返りをうち、唸り声を上げるのだが、なかなか起きない。ベッドがギシリと音を立て、掠れた吐息混じりの声を間近で聞くたびソニアはドキドキとさせられていた。

　オリーブグリーンの瞳をうっすらと開けることもあったが、しかし、それで起きるのかと思えばまた寝たりする。

　そういうことを数回繰り返してシャルルはようやく覚醒するようだった。

　幸いなのは夫婦の寝室のこの天蓋付きベッドがものすごく大きくて、体格のいいシャルルが何回か寝返りしてもソニアが寝ているスペースにまでは転がってこないことだ。さすがにあの顔面が本当の本気の目の前にあったらソニアの心臓はとうにもっていなかったことだろう。

　さっさと起きてシャルルが起きるまで床に座していればよいのだが、そうはいかなかった。

——寒いのだ。

（私はまだ寝てる……まだ寝てる……！　ごめんなさい、罪人がこのような怠惰を貪るなど許されることではないのに……っ）

　しかし、ティエラリアの朝は寒かった。そして、ティエラリアで使われている寝具はとても温かかった。

　罪人の身であるならば起床したら速やかに床から出て行くべきだろう。しかし、ソニアはまだ寝ている。そういうことにしておけば、ぬくぬくでいられる。なので、ソニアはシャルルが完全に覚醒するまでは寝たふりをしているのが常だった。ソニアは小心者であるくせに小賢しいところがあった。

そういったわけで、ソニアは布団から出たくない免罪符として寝たふりをしていて、そのせいでシャルルの半覚醒時の色っぽい身じろぎと吐息に悩まされているのであった。

（暖かくなったら！　もう少し暖かい季節になったら！　私、床に座ってシャルル様の目覚めをお待ちしてますので！）

いや、そもそも、春の季節を迎えるまで私生きていないのでは？　ソニアは自分でふと気づく。

（——明日！　明日から！　明日こそ、頑張って……起きますから！）

そうしてソニアが悶々と苦しんでいることには、眠りの深いシャルルは一切気づかず長い欠伸ののち、平時より深い二重の瞼を重たげにしながら「おはよう」と言って起きるのだった。

そもそも、どうしてソニアとシャルルは毎日同じベッドで寝起きしているのか。

「君は俺の妻だろう」

「ひ、ひえ」

——同じベッドで寝るのは申し訳ないから、寝室を分けませんか。私などは木のベッドにそのまま転がしていただければそれでよいのですが。具体的には地下の牢部屋とかでも。

そう言ったソニアに返ってきたのはシャルルの濁りないオリーブグリーンの美しいまっすぐな瞳だった。いたたまれず、ソニアはうめき声をこぼした。

ソニアの情けない反応を見ながらシャルルは一つ咳払いをして、続けて言った。

「君を信用していないわけではないが……君、初夜の日にナイフを隠し持っていたろう」

「は、はい」

「……正直に話すと、君を一人にしてしまうのは不安がある。どうも君は己の死を望まんとする傾向があるから」

　このシャルルという男はひどく誠実な性質なのだろう。彼から告げられた言葉にソニアはわずかに胸が痛んだ。この優しい人が気に病むことではないのに、と。

「いえ……だって、私はティエラリアという国を欺いた罪人ですので死は当然と考えておりますが……」

「俺も、王である兄もそういうふうには考えていない。君にもしも聖女の力がなかったとしても、それで君を排除しようとすることはない」

　ソニアは困って眉根を寄せた。

「まあ、しかし、君が嫌がるのなら……。まだよく知りもしない男と寝室、それもベッドを共にするのに忌避感があるというのは当然だ。ならば、ベッドは君が使ってくれ。今日から俺はシュラフで寝るよ」

　シャルルの宣言にソニアは飛び上がって驚いた。

「なぜですか!?　シャ、シャルル様がお布団でお眠りください！　私は床で結構です！」

「この寒い季節に女性を床で寝かすだなんて末代まで罵られる。ベッドは君が使ってくれ」

「私は女である前に罪人です！　罪の前に性別は関係ありません！」

「何を言っているんだ君は」

ソニアは必死に訴えたが、シャルルには届かず、互いの譲歩の結果、結局「夫婦なのだから同じ布団で寝よう」というところに落ち着いた。そういうわけで、ソニアはシャルルと同衾を続けている。

朝すぐに布団から出ることができない現状を鑑みると、本当に床で寝起きするようになったら凍えて死んでいたかもしれないからよかったかもしれない――。

（――いえ!?　わ、私は死を覚悟している身！　よかった、なんてことはありません！）

ぶるぶるとソニアは一人、首を横に振る。

お布団の幸せ、気だるげなイケメンからの朝一番の「おはよう」を享受する毎日。罪深い女がこんな至福を甘んじて受けていてよいのかとソニアを葛藤させる。

（これは……きっと、何か、思惑があるに違いない……！）

常に下がり調子の眉を珍しく引き締め、ソニアはぐっと拳を固めた。

きっと――この悦楽の果てに、私は死に至るはずだ、と。

◆◆◆

アルノーツの聖女・アイラは苛立っていた。

花の国、神の国、アルノーツ。昨日は建国祭の日だった。

聖女であるアイラはメインイベントである『開花の儀』に臨んだ。樹齢数千年と言われている神木に祈りを捧げ、神木に花を咲かせて、今年一年間の豊穣を願うのだ。

毎年行う行事である。だが今年、アイラは花を咲かせることができなかった。

集まった民衆は例年にない事態に大いに騒めいた。

いくつかのつぼみと、小さな花が少しだけ咲いた。神官長はそれらをめざとく見つけ、もっともらしい含蓄《がんちく》を垂れて「これは小さな恵みのひとつひとつに感謝しなさいという神の啓示である」となんとか民衆を落ち着かせた。

——その後、アイラは満足に花を咲かせられなかったことを誰からも責められることはなかったが、非常に憤慨した。真の聖女である自分があんな姿を晒したことが我慢ならなかった。

「……全部お姉様のせいだわ！」

——いつもだったらうまくいくのに！

姉の愉快な前座を見て大笑いするいつものルーティンができなかったから、うまくいかなかった。アイラはそう結論づけて、姉に怒りをぶつけていた。

去年までは、姉が小さな鉢植えの木に祈って木を枯らせるのを見てから満を持してアイラが神木である巨木に祈りを捧げて満開の花を咲かせるという演出をしていた。『厄災』の力を持って生まれた聖女の出来損ない、落ちこぼれ。だが、真の聖女たるアイラさえいれば、この国アルノーツに滅びの日など訪れやしないのだ、と。姉の忌まわしい滅びに向かう力と対比させることで、神に愛されたアイラの豊穣の力は際立った。

貧しい雪国に厄介払いができたと思っていたのに、アレはアレで必要な存在だったなんて、とアイラはますます憤った。

「……あ、あの、アイラ様……」

「なによ！　あたし、今休憩中なんだけど！」

「ひっ。も、申し訳ありません。その、休憩時間はそろそろ……聖女の癒やしを求める来訪者が列をなしております……」

「ああもう、めんどくさいわねえ！」

たどたどしく用件を伝える女官を押し退けて、バンと扉を開き、肩を怒らせながらアイラは控え室から出ていった。

神殿の謁見の間には、女官が言った通りアイラの救いを求める民が集まっていた。アイラは目を眇めてそれを見下ろす。

（……フン。こいつらみんな、どうでもいいような擦り傷とか、打撲とかでも来るんだから。そのくらいの傷、放っておいたって治るのに）

イライラしながらもアイラは一人ひとりの話を聞き、そして訴えられた傷を癒やした。なかにはひどく傷を膿んだ人や骨を折っている人もいたが、やはり大部分はつまらない傷とささやかな身体の痛み程度で聖女の力に頼ろうとする軟弱者だった。

（あたし、暇じゃないのよ。本当にどうしようもない怪我をした人だけが中に入れる、みたいな新しいルールの制定をするように神官に言い聞かせようかしら）

「あ、ありがとうございます！　アイラ様……おかげで明日からまた働きに出れそうです！」

「……まあ。当然のことですわ」

今まさに聖女の奇跡を使って傷を癒やした青年がぱああと顔を輝かせてアイラに礼を言った。彼は腕に大きな裂傷を作っていた、目鼻立ちがしっかりしている顔立ちで体つきも精悍《せいかん》な、爽やかな美男子だった。好みの男だったので、アイラは苛立ちを隅に追いやり、上機嫌で彼の笑みに応じる。

（こういう顔のいい男だけ来れるようにできないかしら！）

姉がいたときはつまらない怪我をしている奴らは全部姉に押し付けて、どこにでも売っているような傷薬の軟膏を塗って誰でもできるような手当をさせていたのに。姉は聖女の癒やしの奇跡を使えないから。でも、たいしたことない怪我の連中なんて、それでちょうどいいのだ。アイラの奇跡の力をそんなものにわざわざ使うのはもったいなさすぎる。

たまにそれで「俺は聖女の奇跡を受けにきたんだぞ！」と言って暴れる男や「バカにしてるの⁉」とヒステリックに叫ぶ女もいたが、いい頃合いを見てアイラが仲裁に入り、「さすがは聖女様だ」「アイラ様こそ真の聖女にふさわしい」と賛美を受けるのも心地よかった。

（あーあ、お姉様がいなくなったら、こんなに面倒になるなんて……。……⁉）

ぐわり、とアイラの視界が不意に歪む。

「アイラ様⁉」

神殿内が一気にざわめきに包まれる。

アイラは力を使っている途中でフラリと意識が遠のき、その場に倒れたのだった。

◆◆◆

「――なんなのよ、コレ！」

「ひっ、ひぃ！」

　倒れたアイラの世話をしていた女官が、突然のアイラの叫びにびくりと震える。女官の怯えた姿にアイラはまた一段と腹が立った。

「力を使っている途中に……倒れた？」

「は、はい。アイラ様はお倒れになって、治療の儀は中断とし、控え室にお連れした次第で……」

「わかりきっていることを繰り返し言うんじゃないわよ！」

　アイラはベッドのサイドボードに置かれていた水を女官にぶちまけた。

　アイラの苛立ちは最高潮に達していた。なにしろ、気持ちが悪い。ぐわんぐわんと世界が揺れていた。

　力を使いすぎて倒れる？　目が回る？

　……おかしい。いままでなら、そんなことなかったのに。

「なんなのよ、お姉様。まさか、『厄災』の力であたしを呪ってるの……!?」

　アイラは震える手でローブの胸元を握りしめた。

アイラにこの変化が訪れたのは姉が嫁いで行ってからのこと。間違いなかった。そして、日増しにアイラは疲れやすくなってきている。

倒れたことこそ今日が初めてだったが、姉の姿がなくなってから、勤めを終える頃にはひどい疲労感に襲われる日々が続いていた。

姉の嫁入りから、はや一ヶ月。そろそろティエラリアに姉には聖女の力はないのだと気づかれてもよい頃だが、報せはなにも来ない。姉は姉なりにうまいことやっているのだろうか。

それとも、単に愚か者の集まりの国だから姉の持つ『厄災』の力を「聖女だ！」とでもありがたがっているのか。雪ばかりのあんな国、姉が枯らせる草花すら最初から生えていない。本当に気づいていないのかもしれない。

ふふ、とアイラは鼻を鳴らして笑った。

しかし、依然として目眩は治らないまま。姉と、姉が嫁いで行った国の愚かさでも頭に思い描いて愉悦に浸るくらいしか、気晴らしはなかったのだ。

――アイラは認めたくなかった。

自分の持つ、『聖女』の力が弱まっている――かもしれないとは。

「ソニア。行ってくる。何か不自由なことがあればなんでも言ってくれ」

朝の支度を終え、シャルルはいつものようにソニアに声をかける。シャルルはフェンリル騎士団の制服を着込んでいたが、ソニアは彼女の金の髪によく似合う薄黄緑色のドレスを身に纏っていた。薄く施された化粧だが、初夜のときにシャルルの目に焼き付いたあのひどい隈はだいぶ薄くなっているようでよく見なければほとんど気にならない。毎日よく眠れているようでよかった。

シャルルが妻にこう声をかけるのはいつものことだった。そして妻からの答えは引き出せないまま「行ってらっしゃいませ！」と見送られるのが常だったのだが。

「シャルル様。あの、よろしければ……お城の図書室に行きたいのですが」

「ああ、構わないよ。リリアンに案内してもらって行っておいで」

「ありがとうございます！」

――今日は違うようだった。

ぱああと顔を輝かせるソニアにシャルルは自然と嬉しさを覚える。彼女がこうして自ら希望を口に出すことは、初めてではないだろうか。

「いつも一人にしていてすまない。今度休みの日に一緒にでかけよう」

「そっ、そんな、そんなことをしてもらっては申し訳ありません……！」

両手を前に出してソニアは慌てて遠慮する。嬉しいあまり少し調子に乗ってしまったな、とシャルルは苦笑を浮かべた。ソニアはとても控えめな人だ。――それが彼女の素である、というよりかはおそらく、現在の自分の立場を鑑みてひたすら遠慮をしているのだろうが。

（もっと、要望を言ってくれるようになったらいいんだが……）

さて、妻は図書室でどんな本を読みたいのだろうか。そんなことを考えながらシャルルはフェンリル厩舎に向かうのだった。

仕事を終えたシャルルは部屋で待つ妻に会う前に彼女付きの侍女を別室に呼び出していた。

「リリアン。彼女の様子はどうだった？」

「は、そうですね……」

リリアンは細い指を口元にあてながら、一日を振り返った。

「……どうも、奥方様は、我が国の葬儀に関連するご本を読み漁っておいででした」

「葬儀？　なんでまた……」

「そのあとは王族の習わしに関する本を熱心に探しておいででしたが……」

「……それはわからんでもないが」

ティエラリア王家に嫁いだのだ、この国の王家のことを知りたいと彼女が思ってくれたのならそれは嬉しい。だが、葬儀。葬儀とは、なぜ。国にまもなく命の灯火が絶えそうな縁者でも残してきたのか？　――いや。

もしや、と思う。いや、彼女ならばきっとそうだと考えを改めた。

「……ソニア」

「はい！」

その後、夜。寝室で二人の時間を過ごすそのときにシャルルは言った。

「言っておくが、我が国に……死刑囚に数日間に及ぶ馳走を出すという風習はない」

「！」

「重ねて言うと、死を迎える王族を死のときまで馳走を用意し続けるという風習もない」

「な、なんと！」

なんと、じゃない。まだ自分は処刑されて死ぬものだと思い込んでいたのか。

この妻はなかなかに頑固者らしい。

「俺も、我が国も君を罪人として処す意思はない。仮に君が聖女じゃなくても、だ」

「そ、そんな……。……そんな」

シャルルにとっては何をそんなに、というほどソニアは驚いているようだった。

顔面蒼白になっておろおろと頬に手をやっている。

「我々が毎日君に温かい食事を用意するのはそんな理由じゃない。君が俺たちの家族だからだよ」

「か、かぞく……」

「そうだよ。だから、安心して食事を楽しんでほしい。……心穏やかに毎日を、過ごしてほしい」

シャルルは胸の内だけでもう一度「安心して」と繰り返す。ソニアは一目見ただけでわかるほど困惑の最中《さなか》にいるようだった。

「ソニア。俺たちは君の死を望んでいない。君が思うような罪は君にはない。俺は君がどんな人物であろうと、君をアルノーツから来た尊い花嫁だと思っている」

「そのようなお言葉……私には……」

「……ソニア。君はきっと心がとてもきれいで、優しい人なんだろう」

シャルルは瞠目《どうもく》しているソニアの手をとる。その手の冷たさにシャルルは目を細めた。

「君の父たちが言っていたように、己には聖女の力がないのだということを黙り続けていることもできただろう。だが、君はすぐにそのことを我々に教えてくれた。君自身が俺たちを謀ろうとしていたとは、俺たちには考えられない」

「わ、私は……その、じ、自分が、一人では抱えきれなかっただけで、そんな、シャルル様にそう評していただけるような立派な動機では……！」

「それでも、だ。罪の告白には勇気がいったろう。誰ひとりとして味方のいないかつての敵国で、身を守るものも何も持たず、自分より遥かに体格のいい異性と二人きりでいるその最中《さなか》に、それを言うのは恐ろしかっただろう。俺がその場で逆上して君を害する可能性だってあったんだ」

「……そ、そんな、私は……」

ソニアは謙遜してか、みるみる身を縮こまらせてしまう。

「……そうか……。その可能性も、あったのですね……」

「ん？」

ぽつりと呟かれた言葉にシャルルは首を傾げる。ソニアはふるふると頭を振った。

「わたし……私の身には余りある厚遇と、罪の意識に耐えきれなくて……それで……勢い任せに言ってしまっただけで……本当に、その、何も立派な考えはなかったのです……」

「……そうか」

シャルルは自然と目を細めていた。顔を俯かせてぽつぽつと言葉を紡いでいく彼女に対して。

恥ずかしそうに、耳まで赤く染めている彼女をふと愛らしいと思う。

彼女は芯から純粋な性質なのだろう。嘘をつけない彼女をシャルルは好ましいと感じた。

「な、なので、その、私が考えなしというだけなので！　シャルル様にこんなに言葉を尽くしていただけるような人物ではなく……！　どうか私のことはただの罪深い女と思っていただければ」

「だからどうしてなんで君は全てそこに終結させていくんだ」

彼女の罪の意識をどうしたら楽にしてやれるのだろうか、シャルルは頭を悩ませた。

◆◆◆

「ソニア。悪いが今日は君もついてきてくれないか」

「はっ、はい！　シャルル様！」

ソニアは背を正し、シャルルに向かって敬礼した。

（とうとう……私が裁かれる日がきたんだ……！）

朝食を取った後はいつも一人で仕事に出かけるシャルルが、こうしてソニアに同行を求めることは初めてだ。

ソニアは悟る。

裁判所、あるいは牢。もしくはギロチン台に連れていかれるのだと。

「……君もすでに体感していると思うが、我が国の冬は長く寒さが厳しい。多くの野菜類は他国からの輸入に頼っているのが現状だ」

「……はい……」

「そのため、現在、目下開発中なのが、この『温室システム』だ。だが、まだ試験段階……というか、量産の目処が立っていなくてな。これがもしもティエラリアの各地に導入できれば食糧問題が大きく改善できる見込みなんだが……」

ソニアがシャルルに連れてこられたのは王宮敷地内に造られた大きな『温室』なる場所だった。

（……私を肥料になさるおつもりで……？）

どう見ても処刑場には見えない。ソニアは首を捻った。

「この空間を暖めるのに、『魔石』を使っている。我が国は幸いなことに魔石に恵まれている国ではあるが魔石は有限な資材だ。全国にこの温室システムを導入させようとするには、あまりにもコストが大きくて断念しているというのが現状だ」

「は、はい」

「まあ、それは置いといて、だ。ここは温室、外気に影響を受けずに通年で幅広い種類の野菜を生育できることを目標に作られた。なぜ君をここに連れてきたか、だが」

「は、はい。あっ、えっと、農作業従事というやつですね！」

　受刑者に与えられる労働だ。ソニアは拳を固めた。

「なににやる気を見せているんだ。違う。君に種を育ててみてもらいたいんだ」

「た、種……！」

　かつて、故郷アルノーツでも何度もやったことだ。植物の種から、花を咲かせたり、作物を実らせるという訓練。

　いつだってソニアは妹アイラの前座になっていた。

　ソニアが力を使い、種から一瞬にして植物を腐らせたり枯らせたりするのを見てみんなは失望し、そして妹アイラが見事な花を咲かせると一転して「素晴らしい！」ともてはやす、あの時間。

「……聖女の力を、お試しになるのですね」

「そういうことだ。すまないが一度君の力を見せてほしい。使えないならそれはそれで構わない」

シャルルはそう言いながら、小さな種をいくつか寄越してきた。

「わかりました。……ただ、ここで力を使うと育てている作物に悪い影響があるかもしれません。ですので、屋外に出てもいいですか？」

「それは構わないが……」

シャルルは少し不思議そうにしながらもソニアの言うことに従ってくれた。

二人揃って温室を出ると、一気に冷たい外気に晒される。シャルルは温室内では外していた真っ白な毛皮を首に巻いた。

「寒くないかい？」

「だっ、大丈夫です！　問題ありません！」

寒い――けれど、ソニアの力を使うのなら、屋外のほうがいい。

貴重な資源を費やして育てられた野菜をうっかり巻き込んで枯らしてしまったら大変だ。

ソニアはシャルルから鉢植えを受け取ると、そこに種を植えた。

雪の上にコトリと置き、その前でソニアは手を組み、祈る。

どうか、この種がよく実りますように、と。

「……これは……！」

シャルルが息を呑む。

植えたばかりの種が発芽した。かと思えばあっという間に背を伸ばし、葉を増やし、蕾をつけ、花が咲き――そして一気に枯れていった。

「……これが私の力です。シャルル様」

「ああ、すごい力だな」

シャルルは少し高揚した様子だった。

これでハッキリと『聖女』の力がないとわかったからだろうか。心優しいティエラリアの人たちも大手を振って自分を処刑しやすくなるといいのだが、とソニアは瞳を伏せた。

「本来ならば、美しい花を咲かせ、多くの実りをつかせるはずの聖女の力。なのに私は、植物をこうして枯らしてしまうんです」

「でも、種から一瞬でこうも成長させるなんてすごいじゃないか」

「……枯らしてしまってはなんの意味もありません……」

ソニアはふるふると首を横に振る。そして、それからハッとシャルルの顔を見上げた。

「き、貴重な資源を、申し訳ありません……！」

「いや、俺が君に力を見せてくれと頼んだんだ。あの種は無駄に枯れたわけじゃない」

「……シャルル様……」

ソニアは思わず涙腺が緩んだ。

すでに偽りの聖女であることは申告済みではあったが、本当に聖女の力がないのだ、というところをとうとう目の前で披露してしまった。それなのに、シャルルは優しい。

どうしてこの人はこんなにも優しいのだろうとソニアは不思議で仕方がなかった。

今ここで泣いてしまったらきっと困らせる。ソニアは鼻をすすり、ぐっと涙を堪えた。

　――そのとき、小さな雪割れの音がした。

「……!?」

　不規則なじぐざぐに割れた雪の中からニョキニョキと細い茎が生えてきていた。シャルルがぎょっと目を剥いたのを見て、ソニアは慌てて頭を下げる。

「ももももっ、もうしわけありません！」

「い、いいや、いいんだが……」

　――ソニアの力の影響が出たのだ。

　かなり抑えて力を使ったつもりだったけれど、それでも影響があったらしい。

（あの温室の中で力を使わなくてよかった……！）

　ソニアは心底ホッとして胸を撫で下ろした。

「……リスが隠していたドングリから発芽したのかな？」

「う、リ、リスさん、ごめんなさい……」

　雪を割って生えてきた小さな茎はシャルルのすねの下程度の高さまで大きくなると、そこで成長を止めたようだった。

（あれ？　寒いからでしょうか……。アルノーツにいたときは一気に枯れてしまっていたのに）

　かつて一瞬にして木を生やしたかと思えば一瞬で朽ちさせていた経験から、ソニアは不思議だなあと首を傾げた。

　あのときはアイラが倒壊した巨木の下敷きになりかけてひどく恨まれたものだった。それ以来ソニアは聖女の力の訓練のときはなるべく力を抑えて使えるようにと努めるようになったのだ。気をつけて力を使っていれば周囲への影響は抑えることはできた。それでも、育てようと思って力を込めた種は一気に腐り枯れていたけれど。

（久々に力を使ったから感覚が掴めなくって、やっぱり周りを巻き込んでしまった……）

　しかし、生育に適さないこの寒さのおかげだろうか。途中で成長が止まってくれてこのドングリが腐らなくてよかった！　とソニアはホッとした。

「……これは……」

　シャルルは屈んで、ドングリと思しき植物の茎と葉をしげしげと眺める。

「……本当に、すごい力だな……」

「はい。これで済んでよかったです。私が祈ると全てを腐らせ、朽ちさせるものですから……」

「だけど、これをこのまま置いておいたらこの寒さでは育っていかないな。鉢植えに移してこの苗は温室で育ててみようか」

　シャルルは温室の中の道具箱からスコップを持ってくるとドングリの根を掘り出し、手早く鉢植えに移し替えた。

「今日はありがとう。力を使ったら疲れたりするのかな？」

「い、いいえ。特にそういうことは……」

「それならよかった。さあ、部屋に戻って暖まろうか」

　シャルルがニコリと笑う。その笑みはいままでと変わらないものだった。

（シャルル様は本当にお優しい人。私の『厄災』の力を見ても、変わらない笑顔を向けてくださるだなんて……）

さて、これで処刑の日も決まって行く流れになるだろうか、とソニアもまたシャルルにニコッ、と微笑んで返した。

しかし、ソニアに『聖女』の力はないと確認されてから、はや数日。

（おかしい。まだ私への……待遇が……変わらない……）

毎日の美味しい食事に暖かい寝床（隣で眠るイケメン付き）の高待遇に変化は見られなかった。

シャルルも、シャルルの兄夫婦の陛下らもソニアにニコニコと接してくれている。

シャルルがソニアを妻と扱うのも変わらなかった。

ソニアは苦い顔をする。国を挙げて大々的に式を挙げてしまったから、そう簡単には覆せないのだろう。

少し前にこんなやりとりがあった。

ソニアが「罪人の私を妻として扱わなくてもいい」という趣旨のことを言ったら、シャルルは悲しげな顔でこう返したのだ。

「……君は俺が夫であるように振る舞うのは嫌かな。俺との夫婦関係を望んでいないのなら、将来的には婚姻解消も検討するが……少なくとも、二、三年のうちは我慢してほしい」

「いえっ!?　そんな、とんでもないです‼」

二、三年も執行猶予期間がある!?　と困惑しきり、大慌てで首と手を振ると、シャルルは「よかった」と顔を綻ばせるのだった。

その笑みを見ると、ソニアは「ぐ」と言葉に詰まる。

ティエラリアに嫁いで、もう一ヶ月以上経つが、どうも自分はシャルルのこの微笑みに弱いらしいのだとソニアは学んでいた。

（……国同士の政略での婚姻だから……簡単に、さあ離縁！　とはいかないのはわかる……けど、本当に私、こんな素敵な人と結婚していていいのでしょうか……）

シャルルはソニアの言だけでは判断ができない、ソニアの祖国、アルノーツについても調べた上でソニアの罪を判断するというようなことを言っていた。それまでは事を荒立てたくない……となると、やはり、ソニアのことは妻として扱うしかないのだろう。

（う、うう、ご迷惑おかけいたします……）

そう思い、ひたすら身を小さくしつつも、ソニアは毎日おいしいご飯に舌鼓を打ち、暖かくてふかふかの布団で惰眠を貪るのだった。

◆　◆　◆

「――おかわいそうに。王弟殿下。神の衣を着た愚かな国の花嫁を娶ることになるだなんて」

侍女長マリベルは口元を引き攣らせて言った。リリアンはその様子を無表情で見つめる。

マリベルは侵略国・アルノーツを憎む人間の一人である。彼女は敬愛する王弟殿下がアルノーツの花嫁と婚姻したことを快く思ってはいなかった。

「どう？　リリアン。あのお姫様の様子は」

マリベルはソニア付き侍女のリリアンに尋ねる。リリアンは小さく瞳を伏せ、静かに答えた。

「――シャルル様とソニア様は毎日閨を共にしておられます」

「本当に？　お前、あの娘に肩入れしているんじゃなかろうね」

「事実でございます。お疑いになるのでしたら、お部屋の清掃やベッドメイキングはわたくし以外の侍女も担当しております、彼女らにもご確認ください」

「……ああ。王弟殿下。なんと情け深いこと」

マリベルは大仰な仕草で頭を振った。リリアンはそっと唇を噛む。

（……シャルル様がご心配されている通りだったわ。侵略者であるアルノーツを快く思わない人間は城内でも存在している。……ソニア様にはご負担をかけますが、寝室はやはり分けないほうがよさそうだわ）

シャルルとソニアが閨を共にしない夫婦関係であるということを理由に、マリベルがソニアを追い出すために彼女の素性を今以上に執拗に調べ始めたら厄介だ。まだソニア――そしてアルノーツの思惑の全貌が掴めていないのだから。

リリアンはソニアが嫁いできた事情を知る数少ない従者の一人だった。初めてソニアと会ったその日のうちに、シャルルから彼女の事情を教えられた。

リリアンは城に仕える侍女たちの中でも年若い。侍女長マリベルがリリアンをソニア付きにしたのは「まだ未熟な侍女を一人だけあてがってやる」という意図があった。

そんな理由で配属が決まったリリアンに、王弟シャルルが声をかけてきた。

――どうか彼女の味方になってくれ、と。

一方、リリアンは侍女長から「侵略者の娘だ、とことん嫌がらせをするように」と指示を受けていた。

どちらの命令を優先するか。

そんなものは悩むまでもない。最も優先されるべきなのは王弟殿下の願いだ。

自分の主人はあくまでも王家の人間なのだから。

かくして、ソニア付き侍女のリリアンは、結果として『反アルノーツ派である侍女長の様子を窺う王弟殿下のスパイ』の位置に立つこととなったのだった。

（ソニア様はシャルル様との同衾を相当恐縮されているご様子だけれど、しばらくは我慢していただかないと）

どこで誰が、何を見て、何を聞いているかわからない。

アルノーツの花嫁、ソニアは守られなければいけない。少なくとも、彼女が『聖女』ではないというのが真実なのか、アルノーツ王国は何を考えているのか、明らかになるまでの間。間違っても彼女が謂れなき迫害を受けることがあってはならない。

リリアンはまだ若い。が、ティエラリア王家に仕えられたことを誇りに思っていた。この未熟な己を王弟殿下は信頼し、花嫁の味方になってくれと言ってくれたのだ。それに報いたいと思う気持ちは強かった。

◆◆◆

「では、行ってくる」

「はい、行ってらっしゃいませ」

これもすっかり馴染みの風景になってしまった。夫婦の部屋を発って仕事に向かうシャルルを見送るソニア。

だが、いつもはこのまま立ち去るシャルルが今日はなぜだか不意に振り向いた。

「そうだ、君も暇だろう。ついておいで」

「えっ‼」

驚愕のあまり、「よろしいのですか！」という一言すら出てこないでいるソニアにシャルルはもちろんだ、とにこやかに返した。

「そのうち君を連れて行きたいとは思っていたんだ。今さっき、なんとなく思いついただけだから特に歓迎の準備もなにもできていないんだが」

「そそそそそ、そんなっ、歓迎だなんて、とんでもない！」

「フェンリルたちと職員数人がいるくらいだから、そう緊張しないで大丈夫」

恐縮しきりのソニアだが、実はずっと噂のフェンリルを見てみたかった。

ソニアが浮き足立っているのが、見てわかるのか、なんとなくシャルルの目線がひどく微笑ましげに感じられた。それに対して気恥ずかしさを抱えつつも、ソニアはフェンリル厩舎へと向かうシャルルを追いかけた。

ティエラリア王城は広大な敷地を有している。シャルルとソニアが暮らす王城のメイン棟の他に主に政を行う棟や使用人たちが暮らす複数の棟があり、以前シャルルが案内した温室や、このフェンリル厩舎も王城の敷地の中に存在している。

「さぁここだ」

シャルルが大きな小屋の扉を開ける。と、その瞬間、白い塊たちが特攻してきた。

でかい、大きい、狼だ。

「わっ、わっ、わわぁっ!?」

「こらこらお前たち、落ち着け」

三匹くらいにあっという間に囲まれたソニアはあっけなく背中からゴロンとその場に転がった。

仰向けになったソニアに容赦なく毛玉は襲い掛かる。ハッハッ、と息をはきかけながら顔を寄せた一頭にべろりと顎を舐められた。

「ひゃー！　ひゃー！」

「ああこら、こいつらに安易に腹を見せないほうがいい。ナメられるぞ」

「もうすでに舐められてますがっ、ひゃ、ひゃあ！」

「ほら、起き上がって。お前たちは少し後ろに下がって」

シャルルに手を差し伸べられて、腰砕けになりつつもソニアはなんとか立ち上がる。

「大丈夫か？」

「は……はい……すみません……」

また情けないところを見られてしまった、とソニアは赤い頬を手のひらで隠した。シャルルはクス、と笑うと傍らにいる一頭の首辺りを大きく撫でながらソニアに言った。

「君も撫でてみてごらん。みんな大きい身体をしているが、撫でられるのが大好きなんだ」

「はっ、はい！　失礼します……！」

シャルルの見様見真似で恐る恐る、首を撫でる。思ったよりも毛が深くてソニアの手のひらが白銀の体毛に埋まった。表面は硬い毛質だが、その内側は非常に柔らかいふわふわの毛が生えていて、ソニアの手のひらを優しい温もりで包み込む。なんと素晴らしい感触だろうと感激しながらゆっくりと首を撫でると、フェンリルは目を細めて「もっともっと」とねだるように頭をソニアの脚に擦りつけだした。

（か、かわいい！）

ソニアの脳天に電流が走った。かわいい。フェンリルは大の大人が背に乗れるほどの大きさがあって、正直少し恐ろしさもあったのだが、もはやかわいいのほうがまさった。

「フェッ、フェンリル……もふもふですね……！」

「君はどうも懐かれやすいようだな。フェンリルに懐かれる人間は幸運の持ち主と言われている」

「………こう、うん……？」

耳慣れない言葉にソニアは一瞬思考停止する。幸運、自分には一番縁遠い言葉だ。なにしろ『厄災』の奇跡しか持たなかった、聖女の出来損ないとして生まれたのだから。

「まあ、言い伝えだな。厳しい冬の寒さと魔物の脅威があるティエラリアの暮らしにフェンリルは欠かせない。そのフェンリルとすぐに仲良くなれるというのは貴重な才能だ、ということだ」

「な、なるほど」

そういうことかとソニアはうんうん頷いた。

フェンリル厩舎の中には、シャルルが言った通りフェンリルの他、フェンリルを世話する数人の職員たちがいた。職員たちに簡単に挨拶を交わした後、シャルルは数多くいるフェンリルをひとつの場所にまとめて、言った。

「みんな、前にも少し話したな。俺の妻のソニアだ。話した通り、きれいな人だろ？」

「えええええっ!?」

「すごい声を出すな……」

「い、いえっ、お、驚いて……」

「……俺は以前からずっと君のことは妻扱いしていたと思うが……」

「そそそそれもそう、なんですけど、それと、その、き、きれい……とか……」

シャルルは曇りなき眼で小さく首を傾げた。

「君はきれいだろう。何を言っているんだ」

「ひ、ひえっ」

淀みなく真っ直ぐに言われ、ソニアは卒倒しそうになる。シャルルからキラキラの眩い何かが発射されているような気がする。眩しくてソニアは目の前に手をかざし俯いた。

するとシャルルたちとフェンリルの集会を少し遠巻きに見ていた職員たちも何やらクスクスと笑っていることに気がつく。

（わ、私みたいな出来損ないが『きれい』なんておだてられて調子に乗って、笑われてる……！）

ソニアは赤い顔のまま、ますます身を小さくした。

チラ、とシャルルを見上げると、やはりシャルルは爽やかな顔をして微笑んでいて、目が合うと小首を傾げてきた。

（ああっ、やっぱり眩しいっ！）

「ソニア。ちょっとこっちに来てくれ」

「は、はいっ」

不自然にバッと顔を背けたからだろうか、シャルルはソニアを手招きした。シャルルから発せられる後光のごとき眩いオーラにクラクラしながらもソニアはシャルルの下によたよた向かう。

シャルルはニコ、と笑うと、彼の腰に頭を擦り付けている一頭のフェンリルをソニアに示した。

「……俺の相棒、ラァラだ」

他のフェンリルと比べても大きな体躯で、そして美しい白銀の毛並みを持ったフェンリルだった。ただ、右眉から右目にかけて大きな爪痕のような傷跡があるのだけが目立つ。しかし、そんな傷跡があってなお美しく気品のある雰囲気をしている。

「顔に傷があるが……メスだ。もう三匹の子を産んでいる」

「お母さんなんですね……」

「メスのフェンリルは一度出産を経験させてやった方が年老いたときに身体が悪くなりづらいんだ。だから、メスはみな適齢期を迎えたら子を産む」

へえ、とソニアは感心しきりでシャルルの話を聞いていた。

「元々はフェンリルさんたちは魔物……だったのですよね。それを家畜化されたとか……」

「そうだな……ティエラリアとフェンリルの歴史は遠く過去まで遡る。それこそ神代の時代から、だから起源は少し嘘くさいところがあるんだが。その時代、フェンリルの神が貧しいこの大地の人々を憐れんで自分の子どもたちを人間に分け与えてくださったのだと伝えられている」

「じ、人為的に造られたのではないのですか⁉」

「いつから彼らが我々の生活に寄り添ってくれるようになったのかはハッキリしていないんだ。すまない」

「い、いいえ……気性の大人しい子たちを掛け合わせて、人に従うようにしていった……とかそういうのかと思っていまして……」

「実際のところはそうだったのかもしれない。だが、そういう伝承が残っている以上、それを信じないのは神様に悪いだろう？　だからティエラリアの人間はみな、その神話を信じて心優しきフェンリルの神を祀り続けている」

そう話すシャルルの瞳は優しく細められていた。きっとシャルルはこの地に宿る伝承を愛しているのだろうとソニアは感じた。伝承と、それから、このフェンリルたちのことを。

「フェンリルは魔物との戦いでも活躍してくれるし、荷物の運搬、他の家畜の監督役、とにかく色々やってくれる」

相棒だと話したファラの大きな身体を撫でながら、シャルルは言った。

確か、シャルルはフェンリルライダーなのだとリリアンが言っていたのをソニアは思い出した。ライダーというからには戦いのときにはこの大きな背に跨がって戦うのだろう。

勇ましい姿を想像し、ソニアはにわかに胸が高鳴った。

「……命を全うしたときは、牙と毛皮を使わせていただく。牙はナイフにもなるし、加工して判子にしたりする。寒いティエラリアではフェンリルの毛皮は大事な防寒具だ」

「あ……シャルル様のお首の白いもふもふも……」

「ああ、フェンリルの毛皮だ。フェンリルの毛皮はへたれないから、何代も引き継いで使われる。俺のこの毛皮は亡き母の持ち物だった」

シャルルは「そうだ」と白いフェンリルの毛皮のマフラーを取って、ソニアに差し出す。

「君にあげようか」

「えっ!?　そんなわけには！」

「この国で一番暖かいのはこのフェンリルの毛皮だよ。寒さに慣れていない君がつけているのがいい。俺は寒いの自体は慣れているから。本当はこの間、温室まで出掛けていったときも君の首にかけてやろうかと迷っていたんだ」

「そそそそっ、シャルル様！　そんな大事なものを、とんでもない！」

シャルルはオリーブグリーンの曇りなき眼を大きくし、首を傾げた。

「君は俺の妻だろう。妻に亡き母の形見を預けることの何に問題がある？」

「ひ、ひー！」

ソニアの悲鳴をかき消すようにフェンリルたちがウゥーと細く高い声をあげた。

どうも、シャルルとソニアを「イチャイチャしてますね！」と冷やかしているらしい。

ウゥー、ウゥーという鳴き声に囲まれたソニアがオロオロとしているのを見て、シャルルは「こら」と囃し立てるフェンリルたちを諫めた。

第三章　あなたという女性《ひと》

ティエラリア王国の食事はとてもおいしい。野菜類はティエラリアでは貴重で、肉を使った料理が多いそうだが、貴重な野菜を少しでも無駄にしないようにと、野菜くずからだしを取ったスープは身体の芯から温まる優しい味をしていて、今ではすっかりソニアの好物になった。メインの食材である肉料理も、飽きが来ないようにスパイスや調理方法は多岐に亘り、ソニアは毎日の食事がとても楽しみである。

「……ソニアさん、我が国に来てからしばらく経つけれど、どう？　慣れてきたかしら」

「はっ、はい。おかげさまで！　みなさんとてもお優しい方ばかりで、その、恐縮です！」

「そう、ふふ。よかった」

慎重にハムステーキを切ろうとしていたソニアは慌てて顔をあげて、美しく柔和な笑みを浮かべる王妃マリアに返事をする。

（し、しまった。ゆっくりと、しとやかに、余裕を持って微笑みながら顔をあげるべきでした！）

食事はいつも国王陛下夫妻とともにする。ティエラリアの文化的に、家族はなるべく揃って食事をとるのが望ましいという考え方があるそうだ。

国王カイゼルは弟のシャルルとは年がかなり離れていて、顎にひげもたくわえている立派な風貌はソニアからすると重々しい威厳を感じる。王妃マリアは非常に穏やかな女性だが、王妃というだけあるのか、不思議と言葉や表情外に漂う威圧感のようなものがあった。

「は、はい、恐縮です」

結果として、ソニアは常に恐縮していた。

（……アルノーツでは、礼儀作法など何も教えてこられなかったもの……）

せめて、テーブルマナーに自信さえあれば、もう少しは馴染めただろうか。

ソニアはチラリと、横目で隣に座るシャルルを見やる。

整った容姿から受ける印象に違わず、シャルルの食事を摂る姿は美しかった。その兄、国王カイゼル、王妃マリアも当然、見惚れてしまうほど美しく食事を嗜む。

食事の席での会話の中心はだいたいマリアであった。マリアはこのソニアにすらにこやかに話題を振ってくれるのだ。さすがは国母という余裕と気配りである。

かつて、シャルルはこう言っていた。「温かい食事を用意するのは家族だから」と。

（罪人の私を『家族』と扱ってくださるこの度量……。これには相応の態度で返さなくてはいけないのでは……？）

今のようにおどおどと拙い所作で食事を摂り、楽しい食卓にするための会話を回すこともできないこの現状は、良くないのではないか。この場では、王弟シャルルの妻として、国王夫妻と同席しているのに、このままではシャルルの評価まで下げてしまうのでは――。

（それはいけません！　なんとか……なんとかしないと！）

ソニアは握ったフォークとナイフに、人知れずぎゅうと力を込めた。

その夜のこと、寝付いてしまう前。風呂上がりに寝間着姿でくつろぎながら本を読んでいるシャルルに、ソニアは声をかけた。

「あの、シャルル様。折り入ってお話があるのですが、少々お時間よろしいでしょうか」

「うん？　どうしたんだい」

シャルルは読みかけの本を閉じると、ソニアの目を見て軽く口角を上げて答えた。ごくりとソニアは唾を呑む。

「わっ、私にテーブルマナーを教えてくれませんか？」

「……テーブルマナー？」

シャルルはきょとんと目を丸くする。

「頑張ってはいるのですが、その、どうにもですね」

怪訝な様子のシャルルに、ソニアはもじもじと手もみをしながら「どうしても、食事の所作に自信がない」という旨を伝えた。

「……君が食事をしているときに、特に気になったことはないが」

「ほ、本当ですか？　お気を遣っていただかなくても……！」

「気を遣ってなんかいない。君はちゃんときれいに食べている」

シャルルは身を小さくしているソニアを見ながら、ふむと顎に手をやった。

「……アルノーツはよほどマナーにうるさい国なのか？　うちはおそらく、他国と比べても食事のマナーは厳しくないよ。礼節などよりもまず食材に感謝することを重視しているからな。君はとてもおいしそうに食べているから、それだけで十分だ……ってどうした」

「……やっぱり、私、おいしそうに食べているだけでお作法あまり良くないのですね……」

「そんなことは一言も言っていない。君がゆっくり味わって食べている姿は見ていて不快感を与えるものではない。だから安心してくれ、と言っているんだ」

「す、すみません。フォローをさせてしまったのかとばかり……」

　ソニアは下げた頭を上げてから、改めてシャルルに向き合う。

「罪人の身でシャルル様のように尊い身分の方にこのような申し出をすることには非常に悩んだのですが、私の罪が誰にでも公にできるものでないことも承知しております。なので、ここはシャルル様に頼るのが最善かと思いまして……」

「……まあ、そうだな」

　シャルルは複雑そうに眉をひそめながら、頷いた。

「色々と言いたいことはあるが……。俺と君の間に身分の差はないだろう？　俺はこの国の王弟だが、君だって一国の第一王女だったじゃないか。それに、今の君は俺の妻だ」

「ですがそれは仮初めの……」

　シャルルは首を横に振り、ソニアの言葉を遮る。そして、ニコと微笑んだ。

「迷惑なんかじゃないよ。君が俺を頼ってくれて嬉しい。君のためなら時間なんていくらでも作るよ。……なんで息を呑むんだ」

　あまりに完璧な笑みに思わずソニアは言葉を失い、かろうじて「ひっ」と息を呑んでいた。シャルルの怪訝な表情を受け、ソニアは慌てて首を思い切り振る。

「ちっ、違うんです、あまりにも、あまりにも、お顔が、恐ろしくて」

「顔が？　こわい？」

「あああ違うんです、そういう意味じゃないんです。あの、畏怖のほうです畏怖のほう」

　シャルルはとても整った顔の造形をしている。その顔で優しげに、自分のためだけに微笑まれたのなら、息を呑んで然りだろうとソニアは思う。そういうことを言いたかったのだが、口をついて出た言葉はどう考えても言葉足らずだった。

　シャルルはソニアの言っている意味があまり理解できなかったようで、困惑気味に眉根を寄せていた。当然だ。

「……なんというか、君は……その、独特だな……」

（おかしなやつ認定されてしまった！）

　シャルル様はあまりご自分の容姿を自覚されていないのだろうか、とソニアは不安になった。無自覚に何人もの令嬢がヤられていてもおかしくない。

　うまく意思の疎通ができていないと思いながらもソニアはどう言えばフォローできるのかわからず、ただただ狼狽える。そうしていると、シャルルは気持ちを切り替えようとしてか、軽く咳払いをして優しい声でソニアに語りかけてきた。

「俺は君に問題などなにもないと思うけど、このまま君に肩身の狭い思いをさせたまま毎日食卓に座ってもらうのは、俺としても嫌だからな。君が納得いくまで付き合おう」

「シャルル様……」

なんて優しい人だろう、とソニアの胸に温かいものがこみ上げてくる。

「ありがとうございます！　私、頑張ります！」

ソニアが握り拳を作ってみせると、シャルルはクス、と苦笑した。


「じゃあ、俺の真似をしてみて」

「はいっ！」

シャルルとのテーブルマナーレッスンは早速翌日から始められた。シャルルが料理長に手配して夕飯を少し減らし、そして夜食を夫婦の部屋に届けてもらえるようにしてくれた。

「君は、全然問題ないと思うけどな」

「そ、そうでしょうか。でも、しょっちゅうお皿をキンキン鳴らしてしまって」

「俺だって皿くらい鳴らすよ。兄貴だって。不気味なほど静かなのは義姉《マリア》だけだな」

冗談交じりにシャルルがクスリと笑う。

「……アルノーツでは、君は王女としての教育をまともに受けていなかったらしいが、むしろどうやって今程度の所作を身につけたんだ？」

「は、はい。見様見真似と付け焼き刃です」

「……なるほど、輿入れ直前に仕込まれたか」

シャルルは呆れたようにため息をついた。

「す、すみません」

「呆れたのは君の国に対してだ。付け焼き刃だとしたら、君はむしろ優等生だよ」

ソニアはおずおずとシャルルの真似をして食事を続ける。

「うん、ナイフさばきも問題ない。ティエラリアでは特に食べる順番などのマナーはないし、大丈夫だよ」

「ほ、本当ですか？」

「ああ。でも、君が納得するまで付き合うから、安心して」

「ありがとうございます！」

ソニアが顔を綻ばせて笑うと、シャルルは一瞬目をきょとんと見開く。

「えっ、あ、あの、私、なにか、しましたか？」

惚けたようなシャルルの反応が不安になってソニアがそう聞くと、シャルルは「ああ、いや」と少し言葉を濁してから、はにかんだ。

「……君のその表情が、かわいいな、と」

「ひっ」

「――なんでひきつるんだ」

「す、すみません」

予想だにしていない褒めと笑みを得てしまったので、動揺したソニアは水の入った杯を盛大にこぼした。そして大慌てでシャルルに平伏した。

◆◆◆

「……ソニアさん、今日も目の保養だったわねぇ」

ほくほく顔で頬に片手を添えて、そう言ったのは王妃マリアである。ティエラリア国内において、ソニアの事情を知っている数少ないうちの三人、シャルルと国王夫妻らは彼女の様子やアルノーツの動向について話し合っていた。

「あんなに美人さんなのに、おっとりゆっくり食べてらっしゃる姿がたまらないわ。ちょっとあどけなさがあるというか……ウフフ」

「こら、マリア。弟嫁をそういう目で見るなよ」

「ごめんなさい。でも、本人の目の前では、言うのも顔に出すのも我慢しているじゃない？」

彼女を諫める夫・カイゼルは肩をすくめた。

（……君《ソニア》の評価はこうなんだから、何も気にすることはないんだが……）

情けなく眉を下げているソニアを脳裏に浮かべながら、シャルルは一人、苦笑する。マリアはニコニコとしながら「ねえねえ」と続ける。

「最近はアレ、かわいいわよね。シャルルが何を食べるのかを横目でチラッと見てから、自分も同じものを食べるやつ。シャルルも内心かわいくてしょうがないんじゃなくて？」

「……そんなことをしていたんですか？」

――かわいいと思う。だが、シャルルはあえて気づいていないというフリで、目を丸くしてみせた。この会話の流れで、彼女が自身を無教養と思い込んで気にしていることまで話してしまうことは憚《はばか》られたからだ。

「私たち側の視点をお見せしたいくらいだわ！　とってもかわいいのよ！　ねえ、あなた」

「まあ、微笑ましくはあるが……」

話題の彼女の夫と、そして己の妻を目の前にして手放しに「かわいい」と言うのもためらわれるのか、カイゼルは微妙に眉をひそめながら曖昧に返事をする。

（別に、兄貴もそう言ってくれても、俺《夫》としてはいいんだが……）

かわいい、かわいいとしきりに言うマリアに、シャルルは真顔で内心頷いていた。

（きれいな人のはずなんだが……なんというか、癖になるかわいさというか……）

シャルルは口元を押さえて、真面目な表情を作りながら、無垢に人なつっこい笑みを浮かべた彼女を思い返す。顔を綻ばせたあのときの彼女の笑顔は、思わず口からそうこぼしてしまうほど、かわいらしかった。シャルルはまたああやって笑っているところを見たいなと思い、片手で覆ったその下で口元を緩めた。

◆
◆
◆

「ソニア。今日は一緒に外に出かけないか」

「えっ？」

　ある朝のこと。

　いつもの「行ってきます」とは違うシャルルの文言にソニアはぱちくりと瞬きをし、高い位置にあるシャルルの顔を見上げた。

「お、お仕事はよろしいのですか？」

　ソニアの問いにシャルルは「ああ」と軽く目を伏せながら頷く。

「――実は最近、魔物の出没頻度が減っているんだ」

「そうなのですか？」

「ああ、だから俺は最近時間を持て余しているくらいでね」

　シャルルの仕事というのは、王都周辺の警備だ。ティエラリアは他国と比較しても魔物が多い。

　シャルルは国民の安全を守るため、フェンリルに跨がって魔物を殲滅する役目を担っている。

　ソニアはそういえば、最近はシャルル様のお帰りが早かったような？　と思い返す。

　きょとんとしているソニアにシャルルは小首を傾げながら言った。

「せっかくだから、君と一緒に過ごしたいと思ったんだ。……ダメかな？」

「いえ！　とんでもない！　ぜひご一緒させてくださいっ！」

眉を下げ、こちらを窺う仕草を見せるシャルル。

たまらずソニアは拳を握りしめて前のめりで答えた。シャルルはニコ、と微笑む。

「よかった。じゃあ、外に出かける服に着替えておいで」

「はい！　……え、着替え？」

ぽかんとするソニアだったが、シャルルが何やら指笛を吹くと颯爽と現れたリリアンに、あっという間に支度室に連れて行かれてしまった。

（………）

そして、手際よく着替えさせられたソニアは、呆然としながらシャルルのもとに戻る。

そんなソニアだったが、シャルルはソニアの装いが目に入ると、ハッと息を呑んだようだった。

「……すごいきれいだ。驚いた、よく似合っているな」

シャルルは少し興奮気味にこぼす。

「少し花嫁の服みたいだな、きれいだ」

支度室にはソニアの着替えが用意されていて、リリアンは事前にシャルルから話を聞いていたのか、一切の迷いなくテキパキと服を着せてくれた。

シャルルが「花嫁の服」のようだと評した通り、その服は純白を基調としたもので、青い帽子から広がるウィンプルは花嫁がかぶるヴェールのように見えなくもない。

アルノーツで着ていたそれよりも、豪奢な造りだ。ハリのある布地で、金糸で施された装飾も多い。ソニアは恐縮のあまり、身を小さくする。

——シャルルが用意していた着替え、それはいわゆる『聖女の装束』だった。

「わ、私のような罪人がこんな服を着るなど……!?」

青い顔でわなわなと震えるソニアに、苦笑しながらシャルルは小首を傾げる。

「君が来るからと国の職人たちが競い合うように志願して作ったんだ。着心地はいいだろう？」

「は、はい。もったいないほど、よい生地と縫製です」

ソニアは口をもごつかせながら、「でも」となんとか続けて言った。

「あ、あ、あの、このように……まるで私があたかも聖女であると誤認させる恐れのある装いをしているのは良くないのでは……!?」

涙目でシャルルに訴えると、シャルルは眉をひそめて、しばらく思案したのちに口を開いた。

「……君が本当に聖女かどうかはとりあえず置いといて。その衣装は聖女としての装い、というよりも単に防寒着と防護服を兼ねているだけと考えてくれ。もしも魔物に襲われてもこの衣服なら魔物の牙でも裂かれにくいから」

「は……はい」

ソニアはおずおずと頷いた。

そう言われても、どこをどう見ても、どう考えても、聖女にしか見えない衣装だと思うのだが

——しかし。ソニアはハッとする。

（私が偽者と知る前からご用意していただいた服……とんでもなく上質の生地と高い技術により

作り上げられた服だとわかります……！　ここで私がわがままを言って、この服を拒否して新たにおでかけ用の防寒性と耐久性の高い服を求めることのほうがよほど烏滸がましいのでは⁉）

　そこに思い至り、ソニアは引き締めた表情で慌てて顔をあげた。

「ありがとうございます‼　私、喜んでこちらのお洋服、着させていただきます！」

「ああ、そうしてくれると作った連中も喜ぶよ。本当なら早くその姿をお披露目してやりたいところだが……それはちょっとまだ早いな？」

「そ、そうですね、お披露目は……ちょっと……」

　自ら『聖女である』と騙るようなことをしては、罪がさらに重くなりそうなので遠慮したい。聖女服を手がけてくれた職人さんには何かの折にお礼を言いたいが、そうすると「わあ、聖女様だ、本物だ」とあらぬ誤解を生みそうだし、難しいところだ。ソニアは眉間のしわを深くさせた。

「すまないな、勝手にこんな服用意していて。でも、着てくれてよかった。嬉しいよ」

（うう、シャルル様の笑顔がまぶしい……）

　シャルルにその表情をされると、ソニアは何も言えなくなってしまうのだった。


　身を縮こまらせるソニアが連れてこられたのは、つい先日も訪れたフェンリル厩舎だ。シャルルが中に入るなり、フェンリルたちがわあああっと尻尾を振りながら集まってくる。

　そんなフェンリルたちを軽くあやしながら、シャルルはソニアの手を引いて厩舎の奥まで導く。

　厩舎の奥には、お出迎えには参加せずに丸くなっている一頭のフェンリルがいた。

「彼はシリウス。ラァラの夫だよ」

「まあ……！」

ラァラも他のフェンリルと比べて身体の大きなフェンリルだったが、彼はさらに大きい。堂々とした貫禄のあるフェンリルだ。

「……あの、今は……眠りについていらっしゃる……？」

「いいや。起きてるよ」

ソニアが気になったのはシャルルとソニアが間近まで近づいてもなお、彼、シリウスの瞳がずっと閉ざされていることだった。

「シリウスは病で目がダメになってしまってね。ただ、フェンリルの嗅覚は優れているから日常の生活に支障はない。……さすがに戦闘には参加させられないけれどね。年齢を考えると少し早いんだが、彼には隠居をしてもらっている」

「そうなのですね……」

ソニアは改めて丸くなっているシリウスを見下ろした。

目が見えなくなってしまったこと、戦えない役目を果たせない身体になってしまったことを彼はどう思っているのだろう。丸くなっている姿を見ていると、ソニアはなんだか胸が痛んだ。

「せっかくだから、今日はシリウスと……ラァラと俺たちで出かけたいなと思って」

「それは素敵ですね！」

ソニアは破顔して答えた。なるほど、目が見えずとも外出はできるのか。日常生活に支障はない――ということはそういうことなのかと思うと、少し気持ちが晴れやかになった。

「俺はシリウスに乗る。君はラァラに乗ってくれ」

「えっ、でも、ラァラはシャルル様の相棒なのでは？」

「まあね。だけど、ラァラは嫉妬深いんだ、君がシリウスに乗ったら拗ねてしまう」

「ま、まあ！　そうなのですね」

　なんてかわいらしいのだろう、ソニアはついフフッと笑ってしまった。

（ラァラはもう三人の子のお母さんだと聞いていましたが、きっとシリウスとはずっとラブラブな夫婦仲なんでしょうね……）

　だが、ソニアはふと思った。

　奇しくも、病で目が見えなくなった夫シリウス、魔物との戦いで目元に傷痕が残ってしまった妻ラァラ。不思議な夫婦の縁を感じる。

　二頭とも、病の後遺症や、傷が痛んだりすることは、今はもうないのだろうか。

　丸くなっているシリウスの横にはいつの間にかラァラが近づいてきていて、その鼻先を彼の肩辺りに擦り付けていた。

「王都を出て、しばらく西に走ると、小高い丘がある。そこはティエラリアで最も暖かな場所だと言われている。とても日当たりがよくて気持ちがいいんだ。俺はよく行くんだけど、そこで一休みするのが好きなんだ」

「素敵な場所ですね！」

　毎朝の寝起きの悪さを思うと、「そこでもシャルル様は居眠りされていたりするのかしら」とソニアはなんだか微笑ましい気持ちになった。

「最近は魔物も少ない。……だが、この国において絶対の安全、というものは存在しない。でも安心はしていてくれ。もしも魔物が出てきても俺とシリウスがなんとかする」

「あ、ありがとうございます」

　シャルルは真面目な表情を浮かべてそう言ったが、ソニアがこくこくと頷くのを見て、目元を和らげて微笑んだ。

「うん、じゃあ、鞍の準備と荷物も載せないとな。少し待っていて」

　シャルルは手際よく、あっという間に支度を調えてくれた。

　ソニアが王都を、いや、城の敷地の外に出るのはこの国に来てから初めてのことかもしれない。着ている服のことはともあれ、知らず胸がワクワクしていたソニアだが、ふと、あることに気がついた。

（……私は、罪人……。罪のある身で、やすやすと城の外に出て良いのでしょうか……）

　ソニアはシャルルの顔を見上げた。両手を差し出しながら。

「シャルル様、私の手に嵌める枷はどちらに」

「そんなものをつけてフェンリルに乗れるものか。ほら、ララの身体に鞍をつけたよ、これに乗るんだ。脇を締めて、しっかり両手でこの綱を握るんだ」

「綱！　これですか⁉　私をくくるのではなく⁉」

「どういう発想をしているんだ、君は。ラァラは賢いから君でも乗りこなせると思う。ほら」

シャルルは呆れた様子で苦笑しながら、そっとソニアの腰を支えて、ラァラの鞍にソニアを乗せてくれた。

「お、おお……」

「そんなにスピードは出さないよ。シリウスも目が悪いからな。ゆっくり行こう」

「はっ、はい。よ、よろしくお願いしますね、ラァラ」

こわごわ片手を綱から離し、ラァラの首の後ろ辺りを撫でてやると、ラァラはグルルと喉を鳴らした。

（……か、かわ…………）

「君、撫でるの上手なんだな。やはり君はフェンリルに好かれやすい性質なんだろうな」

「そっ、そうでしょうか！　そうなら光栄ですが……」

そんなやりとりをしながら、ソニアとシャルルは王都の門を出て、白く雪が降り積もる平原へと向かって行った。シリウスもラァラも、シャルルがよく行く高台までの道はよくわかっていて、目が見えないというシリウスもサクサクと雪の道を歩いていく。

ラァラは優しい性格なのだろう。なるべくソニアを揺さぶらないように慎重に駆けて行ってくれている。

王都の外は雪が深く、より寒いはずなのに、ラァラに跨がっていると不思議と温かい。

「――待て」

シャルルの低い声が雪原に響く。シリウスもラァラもそれに従い、ピタリと足を止めた。

シャルルが白もやのその先を鋭く睨む。

常に穏やかな表情を浮かべた彼とは結びつかないほど厳しい顔つきだ。

「早速だが、魔物が現れたようだ。俺がシリウスと行って、退治してくる。君はここで……」

「ま、魔物ですか！」

シャルルの剣呑な雰囲気に圧されていたソニアだったが、『魔物』と聞き、ハッと顔を上げた。

シャルルは宣言通り、自分を守ってくれるつもりらしい。

それは嬉しい、ありがたい。

だが、ソニアは己を奮い立たせて、ラァラから飛び降りた。そして、シャルルに向けて両手に握り拳を作って向き合う。

「わ、私、こういうのでしたらお役に立てると思います！　今こそ、お役に立つときです！」

「何を言ってるんだ、君は」

「私が！　魔物を！　やっつけます！」

◆◆◆

シャルルは片眉を思い切り歪めて、意気込むソニアを見やった。

「――何を言っているんだ、君は」

思わず、シャルルは同じ言葉を繰り返す。

当然、シャルルはソニアを制止しようとした。だが、すでにソニアは駆け出していて、深い雪を踏み締め——そして、そのまま足をうまく抜けずにその場で転けた。

「ソニアっ」

魔物はこちらに迫ってきている。シャルルはソニアを雪の中から抱き起こすよりも、魔物の殲滅を優先させることに決めた。ファラにソニアを起こしてやってもらうよう短く指示だけ出して、シャルルは腰に携えていた小槍を構え、魔物の群れに向かっていった。

ハウンドドッグ。フェンリルと同じ狼型の魔物だが、性格は非常に獰猛で肉食。群れを成して獲物を狙う雪山のハンターだ。

一頭ずつであればたいした脅威ではないが、チームワークで襲いかかって来られるとなかなか面倒な相手である。

一頭ずつ、確実に仕留めていかねば。

シャルルが気持ちを引き締めたその瞬間。

「えーいっ」

どことなく気の抜けた声が後ろから響いた。

あまりにもこの場に似つかわしくない声に思わずシャルルが振り向くと、頼りない腰つきでソニアが両手をまっすぐ前に突きつけていた。

よかった、無事に雪の中から脱出できたのか、と思うと共に「何をやっているんだ」とシャルルは思う。

　気を引き締め直し、彼女が両手を突きつけた先――ハウンドドッグの群れのほうを見やると、ついさきほどまでそこにいたはずの魔物たちはまるで塵のように散ってしまっていた。

「……これは」

　思わずシャルルは息を呑む。

「あ、や、やりました！　やっつけました！」

　白い頬を赤らめながらソニアはぱああと顔を輝かせる。ソニアはぐっと拳を引き締め、シャルルを見上げる。

　シャルルは「ああ」と言いながら、ソニアに微笑むが、その眉根にはしわが寄っていた。

「……聖女というのは魔物を滅することもできるのか？」

「はい！　そうなんです……。あ、私、聖女じゃないんですけど」

「それはひとまずさて置いておこうか」

　ソニアは気恥ずかしそうに髪をいじりながらはにかんだ。

「私は、『厄災』の奇跡を持って生まれたのだと、家族からは言われてきました。人を癒やすことはできない、草木を育てることはできない。代わりに、『滅ぼす』ことだけは得意なのだと」

「……なあ、アルノーツには魔物はいないという話だろう。どうして君は、自分の力で魔物を滅せられるのだと知っていた？」

「は、はい。アルノーツに棲みついている魔物はいません。それは間違いありません。……ただ」

　ソニアは息を呑み、一拍置いてから言葉を続けた。

「ほんのたまに、魔物が迷い込むことがあるんです。そのとき、魔物は不思議と『聖女』の下に訪れるのです」

「？　不思議だな、君たち聖女がいるから、アルノーツには魔物が生息できないんだろう？」

「は、はい。そのはずなんですが……不思議と」

「……基本的には祓われるはずだが、それをおして近づける魔物はむしろ、天敵である『聖女』を狙うのかな？」

「え、ええと、一応祖国では、魔物が聖女の下にまっすぐ訪れるのも聖女の加護の一つと解釈していました。聖女まっしぐらなら、国民たちに余計な被害が及びませんので……なので……。あ、とは言っても、狙われてるのは妹の……本当に聖女の力を持っているほうなんですけど」

　ソニアはもごもごと答える。シャルルは眉を顰めたまま、問いを重ねた。

「それはともかくとして……だ。なるほど、そのときに……。この力を使ったんだな？」

「はい！　よくわかりませんが、こうすればなんだかやっつけられるので！」

「……君の妹はそのときは何をしているんだ？」

「妹は本物の聖女ですから、他にも力を使う場面が多くて忙しいので、魔物退治は私がすることがほとんどでした。もちろん、妹も魔物をやっつけることはできますよ、私のとは違って……こう……光でフワーッとする感じでいかにも聖女らしく」

「その聖女らしいというのはわからんが……。……そうか」

「妹曰く、私に花を持たせてくれていたようです。大っぴらに国の王女が『聖女じゃない』とは言えませんから……。『お姉様が腐っても聖女だとアピールできる数少ないチャンスじゃないかしら』って」

ソニアは恥ずかしそうに答える。

「まあ、その、聖女としての力じゃないんですけどね……」

シャルルがなんとも言えず、頭の中だけで言葉を巡らせていると、ソニアは急にハッとした表情を浮かべた。

「あ、あの、その。私は聖女じゃないので、私めがけて魔物がやってきたりはしないと思うので、だ、大丈夫なはずです！」

「うん？」

「お城に住まわせていただいておりますから……。罪人なだけでなく、魔物まで引き寄せるようではご迷惑の一言ではさすがに言い尽くせません……」

「ああ、なるほど、その心配か……」

シャルルはずっと皺を寄せていた眉間の辺りに指を置き、はあとため息をついた。

（……ソニアの性格を考えると言えないが、俺の予想が当たるなら、のちのち魔物が……ソニアめがけてやってきそうな気がするが……）

そんなことを言えばソニアが仰天するのが目に見えて、シャルルはその言葉を飲み込んだ。

「……しかし、そうか、君がいなくなって、アルノーツは大丈夫なのかな？　君の妹は苦労してそうな気がするんだが」

　代わりにそう問えば、ソニアはきょとんとしながら首を傾げる。

「うーん。妹はしっかりしてますから。なんといっても、本物の聖女ですし！　人を癒やすのも、草木を育てるのも、魔物をやっつけるのもなんでもできますからね！」

「……そうか。まあ、妹……彼女もアルノーツの王女ならば『聖女』であることに間違いはないはずだからな」

「…………そうですね…………」

「君に当て擦りしたつもりはなかった。すまない」

　見るからにしょんぼりと肩を落としたソニアにシャルルは慌ててそう言った。

◆◆◆

　魔物の乱入はあったが、それからは順調だった。

　フェンリルの足で少し駆ければ、あっという間にシャルルがソニアを連れて行きたがったというそこにたどり着く。

「わあ……！」

「ここは目覚めの丘と呼ばれているんだ、この国で一番暖かな……陽射しの降る丘だよ」

ソニアはラァラの背にまたがり、白い息を吐きながら感嘆する。

小高い丘から見下ろして目に映るのは、白い雪が陽に当たり、キラキラと煌めく姿。

月並みな表現だが、宝石のように美しかった。

「ソニア。この祠も見てごらん」

「ええと……こちらの、石が積まれている……？」

「ハハ、そうだな。石が積んであるだけに見えるだろう。でも、これはフェンリルの神を祀ったと言われている祠なんだよ」

「そっ、そうなのですね!?」

ソニアの腰の辺りの高さほどに積まれている石。ソニアは無機質な灰色の石を組み上げて作られた『祠』らしいそれを改めて見つめる。石の角《かど》は長い歴史を経てか、すっかりと丸くなっていた。

「ここはこの国で一番暖かくて、美しい景色が見られる場所だと俺は思っている。君と一緒にこの景色を見れて嬉しいよ」

「あ、ありがとうございます。光栄です」

ソニアはシャルルの微笑みから彼の思惑を探り、そしてこの結論に行き着く。

（……私は、明日辺り……縄で首を括られるんでしょうか……）

ソニアもシャルルに微笑み返す。シャルルの大きな体躯ごしに、見事な雪原を眺めながら――。

（最後の思い出に美しいものを目に焼き付けておけ、ということですね……）

「なんとなく君の考えることは大体わかってきたぞ。キリがないからいちいち突っ込まないが」

「えっ⁉」

はあ、とため息をつかれてソニアは慌てて瞠目する。

「ここで軽い食事でも取ろう。ほら、君も。ラァラの鞍に乗せた鞄があるだろう」

「あっ、えっと、これでしょうか」

「携帯用の椅子と毛布を入れておいた。俺が支度をするから、君はラァラとシリウスと一緒に待っていてくれ」

「い、いえ！　そんな、私も何かお手伝いを……」

「いいよ。俺は結構こういうのが好きなんだ」

ニコ、と爽やかな笑みを向けられるとソニアは何も言えなくなり、すごすごと折り畳まれてコンパクトになっていた椅子を手際悪く広げて、身を小さくしながら座るしかできなかった。

ソニアの両隣にはラァラとシリウスがいて、まるで二人に包まれるような形になる。

グルル、と高い声で二匹は鳴き合いながら、ソニアの背のほうで尻尾を絡ませたり、びたんびたんと叩き合ってじゃれているようだった。

二人の尻尾が揺れるたび、背中をふかふかの柔らかいものが撫でソニアはくすぐったいやら気持ちいいやら不思議な気持ちになる。

（温かいし、かわいいし、気持ちいいし、これは……いいのですか、こんな天国……⁉）

「ソニア。しばらく待っててもらうことになるから。先に温かい飲み物を用意したよ。これを少

しずつ飲みながらいい子で待ってて」

「ううっ……僥倖《ぎょうこう》……っ。これは…………………接待……？」

「君の言う接待のその前につく言葉は予想がつくが、もうキリがないからな……」

なぜかシャルルに呆れられていて、ソニアは罪人の身で失言を重ねた⁉　とサッと青ざめた。


シャルルに言われた通り、ちびちびとホットミルクを飲みながらソニアはシャルルの野外調理が終わるのを待った。

シャルルは真面目で細やかそうな印象通り、手先がとても器用で、小さなまな板とナイフを使い手際よく食材を切り分け、鍋とスキレットにそれぞれ放り入れる。

「……っと」

見事なものだなあと見惚れていたのだが、芋の皮剥きをする際、ふと手を滑らせ、シャルルは人差し指を切ってしまった。

「だっ、大丈夫ですか？」

「ああ、これくらいなんともないよ。みっともないところ見せちゃったな」

「いっ、いえ！　とてもお見事なナイフ捌きに見惚れておりました！」

「……そうだ、なあ、ソニア」

急に「思いついた」とばかりにシャルルはソニアを見つめ直して、言った。

「この傷、君が治してくれないかな」

「……え」

「聖女の力だ。傷を癒やす力もあるんだろう？　いい機会だ、この傷を……」

雪の上に、音もなく、ソニアが手に持っていたマグカップが落ちた。

温かなミルクはわずかに雪を溶かしたが、積もった雪を溶かし切るには当然至らず、それきりだった。

「……大丈夫か、火傷は？　手や足にはかからなかったか？」

シャルルの声が遠くに聞こえる。

ソニアの視界は今、歪みつつあった。目の前にいるシャルルの造形が歪になり、代わりに脳裏に映り込むのは、あの日の。

「……ごめんなさい」

「ソニア」

「ごめんなさいごめんなさいごめんなさいごめんなさい」

「ソ、ソニア？　どうしたんだ？」

「ごめんなさい、わたし、わたしが、わたしが、したから、ごめんなさいごめんなさい」

ソニアは頭を抱えてうずくまった。喉元には逆流した胃液が迫り上がってきていた、酸っぱい臭いが鼻について、咽せそうになる。

ソニアの頭の中に、今、シャルルの存在はなかった。

あるのは、あの日、ソニアが一人の人間の腕を奪ってしまったときの光景。

叫ぶ声、肉の腐る臭い、肉の裂ける音、嗚咽。

ソニア・アルノーツは『聖女』ではない。

『厄災』の奇跡の力を持って生まれてきた、出来損ないである。

そう烙印を押されるに至った、あの日のことだ。

◆◆◆

「――ソニア、大丈夫か」


何巡。

ソニアがあの日のことを思い出し続け、何巡目の頃だろうか。

――ソニアは意識を取り戻した。

落ち着いた低い声が耳に入り、顔を上げると、目の前にオリーブグリーンの澄んだ眼差しがあった。

うずくまるソニアの傍らに、膝をついてシャルルが肩を抱いていてくれていた。

さらにその横にはラァラとシリウスがいて、ソニアに白い毛並みを擦り付けていた。

「あ……わ、わたし」

「悪かった。俺が軽く、君に聖女の力を使ってほしいなどと言ったから」

「い、いえ、その……」

　否定しようと思い、首を振ると、それだけでもう気持ちが悪かった。咄嗟に口元を押さえた手は小刻みに震えている。

　その様子を見てか、シャルルはソニアの肩を抱く力をいっそう強めた。

「……もうこんなことは言わないよ。だから、安心して」

「わ、わたし、その」

「もう思い出さなくていい、俺も、聞かないから」

「……ありがとうございます。……大丈夫です」

　ソニアは笑みを浮かべた。そのほうが、少し楽になる気がしたからだ。

　シャルルの眉は依然として吊り上がり、緊張感を漂わせていた。

「私が『厄災』の力を持っていることはいままでもお話ししてきた通りです。ですが、幼い頃、ある事件を起こすまでは父も母も呆れながらも、力が使いこなせないだけで『聖女』ではあるはずだと希望を持っていました」

　言うべきだ、とソニアは思った。

　自分が今、どんな記憶の中に堕ちていたのか。

　未だソニアをどう扱えばいいか様子見でいるしかないティエラリアの人間、シャルルには己が罪と、『聖女ではない』と明確であることを告白すべきだ、と。

「しかし、家族らが失望する事件が起きました。癒やしの力を練習で初めて使ったとき、私は人の腕の一本を腐らせ、失わせました」

「……そうか……」

ソニアの告白に対し、返ってきたシャルルの声は小さく控えめなものだった。

「癒やしの力が使えない、それどころか、人の肉を腐らせ、滅ぼさせる力だったのがわかったのです」

言いながら、ソニアは瞳を伏せた。

「……もう、十年以上前のことです。でも、私には忘れられない記憶です。何度も、何度も思い出してしまう」

「ありがとう、教えてくれて」

「いいえ。とんでもありません、罪の告白を聞いてくださり、ありがとうございました」

ふと気づけば、シャルルは大きな手のひらで顔を隠すように覆っていた。

普段の彼ならば、あまりしない仕草を怪訝に思いつつも、ソニアは「それよりも」と懐を探り、小さな丸缶を取り出した。

「シャルル様。よろしければ、こちらの軟膏を使ってください」

「えっ？」

シャルルはハッとした様子で振り向き、目をパチクリとさせる。

「申し訳ありません。さきほどお話しした通り、私は癒やしの力を使えません。そして、癒やしの力を求められると、どうしても……過去のことを思い出してしまいます。ですが、力を持たない私なりに、人の傷を癒やすお手伝いができる薬の勉強をしてきておりました」

「君は。薬を作れるのか？」

「はい、妹は……いえ、ええと、聖女は本来、その奇跡の力を以て、神殿を訪れた人々に癒やしを与えます。でも、私にはそれができないので……せめて、代わりに、少しでもと」

「君の妹が全ての人を癒やしていたわけではないのか？」

　シャルルは少し驚いたような声を上げる。

「国中の人が訪れますから……妹が全て対応することはできません。なので、軽度の症状の方は私が診させていただきました。みなさん、聖女の奇跡を受けにきたのにとお怒りになる方もいらっしゃいましたが……」

「酷い話だな」

「いえ！　ごもっともです、だって、私、みなさんが期待する『聖女』じゃないんですから……」

　シャルルは傍目から見てわかるほど深く眉間にしわを寄せていた。

「とてもよい調合のレシピがありまして、私は要領が悪いので、その通りに作るしか能がありませんでしたが……でも、調合がいいので！　とてもよく傷に効く軟膏なんですよ」

「……そうか、ありがとう」

　シャルルは眉間のしわを解き、微笑む。ソニアは「では」と言いながら、缶の蓋を開け、シャルルの小さな切り傷に薬を塗った。

「……!?」

「ね、よく効くでしょう?」

ソニアは自信を持って、ニコリと笑った。

これだけは、自信があるのだ。ソニアにとっては数少ない自信。

(レシピ通りに作れば私にだってよく効く軟膏は!　作れる!)

しかし、シャルルの反応はあまり芳しくなかった。

呆気に取られた顔で、すっかり傷の塞がった指先をじっと見ている。

「あ、あの、その、だ、だめでしたか……」

「……いや」

「み、見た目より傷が深かった!?　まだ痛むのでしょうか、すみません、力が足りず……」

「そんなことない、きれいに治っている。……治っているから驚いているんだ」

「……?」

ソニアは首を傾げる。

「よく効く軟膏ですので……そんなに驚くことでは」

「こんな塗ってすぐ傷口が塞がる軟膏なんかない」

「えっ」

「どうなってるんだ、君の国は。なんでこれで、不思議に思わない」

「だ、だって、本当なら、聖女の……奇跡で傷は治すものですから……」

「……奇跡慣れ、か。とんでもない国だな、本当に。そのうえ、君は癒やしの力を求めてやってくる人たちからは、『ちゃんと聖女の奇跡で治せ』と罵声を浴びせられていた？」

「シャルル様……？」

ぶつぶつと言いながら、シャルルは濃い銀の髪をかき上げた。

「君はどうして、そんなふうになってしまったんだ」

「え？」

「どうして、君がそんなふうにならなくちゃいけなかったんだ？」

シャルルははっきりとした二重のまなこをしっかりと開きながら、ソニアにでもなく、誰かに言うかのように呟く。

ソニアはシャルルの悲しげな困惑の理由が見当もつかなかった。

ただ、シャルルが今、悲しそうにしているということにだけ、胸が痛んだ。

「シャルル様、その、私は大丈夫ですよ」

「…………」

「っきゃ!?」

シャルルの大きな上背がソニアの身体を包み込んだ。上からぎゅうと抱き締められ、ソニアの視界は暗くなる。

「あっ、あの、その、シャルル……さま」

「……」

何がどうしてこうなったのか、状況を把握できていないソニアはただ困惑する。

しばらくの間、シャルルはソニアを抱き締めていた。

フェンリルのラァラとシリウスはこの光景を静かに見守っているようだった。

「俺の少し恥ずかしい話をしようか」

不意に、シャルルが呟いた。

シャルルの胸にすっぽりとおさまっていたソニアの身体は解放され、さきほどまでシャルルの身体で遮られていた外気が一斉にソニアの身体を冷やす。

「俺はいままで女性とお付き合いしたことがない。もっと言うと、誰かのことを好きになったことがなかった」

「え、ええと」

それは恥ずかしい話なのだろうか、とソニアはよくわからなかったが、シャルルが真剣に話すので大人しく聞き入ることにした。

「俺は弟だ。下手に結婚したり、特定の女性と親しくなって、王位継承権に影響を与えることや、兄貴に妙な弱みを作ったりすることを避けたかった。俺は王に向いていないが、兄貴は間違いなく王になるべき人だったから」

「は、はい」

「俺は『王弟』という存在に徹するつもりだった。俺の婚姻の相手は、王である兄貴にとって都合のいい相手なのであると幼少の頃から心に決めていた。そして現れたのが君だ」

「て、敵国の姫の私、ですか」

「ああ。『王弟』の俺が兄貴にとって役に立てる場面がようやくきた、その相手が君だった。……俺は決めていたんだ。俺は恋をしない、けれど、いつかやってくる婚姻相手は大切にしようと」

「……」

ソニアは黙ってシャルルの話を真剣に聞く。

「君のことはそのつもりだった。君がどんな人だろうと、俺の一生の相手になる人だ、大切にすると決めていた」

「は、はい。それはもう、私にはもったいないほど大事にしていただいております」

「君がそう思ってくれているならよかった」

シャルルはフ、と笑う。

「俺は君と結婚した。君を大切にすることは、君という人に出会う前から決めていたことだ。……だけど」

「はい……」

「今、俺はこう思ったんだ」

シャルルは姿勢を正し、まるでソニアに傅《かしず》くようにして、ソニアの手をとった。

「俺は、一人の男としてあなたという女性《ひと》を守りたい」

◆　◆　◆

「……そういえば、これからはどうやって寝ようか」

「えっ」

ソニアがうっかり過去の記憶を思い出してしまったせいで、妙な雰囲気になってしまったおでかけだったが、あのあとは目覚めの丘でシャルルの作った軽食を楽しみ、フェンリルの神が祀られているという祠にも二人でお参りをして、いい感じで帰路につけた。

夕食を摂り、湯を浴びて、いつも通り夫婦の寝室にて一緒に寝る——という段になって、急にシャルルは少し気まずそうに言い出した。

「これからは……とは」

「俺と君が夫婦であるというのは、そうなんだが……。気持ちの問題というか」

「気持ちの問題」

鸚鵡《おうむ》返しするソニアにシャルルはわずかに眉をひそめながら言う。

「君もさすがに嫌だろう、想いを通わせたわけではない、己に懸想する男と同じ床につくというのは」

「……けそう……」

「まさか、君、わかっていないか。……伝わってないか、まあ、そうか……」

なぜだかシャルルは肩を落とし、ため息をつく。

「あ、あの、申し訳ありません。私の国とティエラリアでは言葉の意味が違うのかもしれませんが……懸想とは……」

「君の生まれ故郷のアルノーツと俺たちの国の言葉は一緒だよ。俺はさっき、あの丘で君に好きだと伝えたつもりだった」

ソニアは目を丸くし、思考を巡らす。

あの丘で、私に好きだと伝えた、ということは。

——俺は、一人の男としてあなたという女性《ひと》を守りたい。

(あれが……あ、あ、あ、あ、愛の告白⁉)

理解すると同時にボッと頬が火照る。

遠くの国では『月がきれいですね』と言うことが『あなたを愛している』という意味になると聞く。シャルルのそれも、そうだったということだ。

あくまで、シャルルの誠実さから出た言葉なのだと。ソニアを罪人として見るのではなく、一人の人として見てくれるつもりなのだという発言として捉えていて、そう言われて感謝の気持ちと彼への信頼感で胸が熱くなったものだけれど。

「す、すすす、な、な、なぜ……⁉」

「なぜ好きになったか、って？　……そうだな、俺も、あのときスッと胸に落ちてきたという感じでまだハッキリと言語化することは難しいんだが」

「あ、は、はい」

これは解説されてしまう流れか？　とソニアは背すじを正し、シャルルの言葉に警戒の姿勢をとった。

「誰からも認められず、それなのに誰かを恨むことなく、まっすぐに清らかな心を持ち続ける君の尊さと強さに好感を抱いた。そして、そんな君を支えられる男でありたいという気持ちが強く胸に湧いたから……というのが、ふさわしいだろうか……」

「かなり冷静に言語化できていらっしゃいますが……」

「そうかい？　まだまだ言い尽くせない想いはあるんだが……」

「えっ」

思わずシャルルの目を見つめる。揺るぎなく澄んだオリーブグリーンの瞳に見つめ返され、ソニアはたまらず目を逸らした。

「も、申し訳ありません。私、その……」

「わかっている。君に無理に応えてもらおうとも思っていないし、無理に君にも俺のことを好きになってもらおうだなんて思っていないよ。……そうなったら、嬉しいが」

「あ、あの」

最後の一言に、ソニアは頼りなく視線を彷徨わせながら口をパクパクとする。

だが、なんとも言えず、結局黙り込んだ。

「まあ、とにかくだ。俺は君のことが好きだ。そんな男と同じ寝台で寝るのは抵抗あるだろう」

「いえ！　大丈夫です！」

「……力強い返事なのが、なんだか逆にアレだな……」

「あっ、いえ、その、シャルル様をなんとも思っていないわけではなく！　その、いままでも散々一緒に寝てきたのですし……」

「前も似た問答をしたね。今の君の立場を考えると、同じ部屋、同じ寝台で寝ていたほうが都合がいいことにはいいんだが、前も言ったが、君が嫌なら俺はシュラフで寝るよ」

「私が寝ます！　シュラフで！　……ところで、シュラフ……ってなんでしょうか……」

「寝袋のことだよ、この間はよくわからないまま流してたんだね」

「はい……」

ソニアは世間知らずなのが恥ずかしくて頬を押さえた。

シャルルは苦笑いのままクスリと笑い、そして口を開いた。

「よし、じゃあこうしよう」

シャルルは部屋の戸棚の一つから、小さなぬいぐるみを取り出してきた。

見たところ子犬、いやフェンリルらしき形状だ。かなりかわいらしくデフォルメされているが。

「これは俺が幼いころに、母上に作ってもらったラァラの人形なんだ」

「ラァラの！」

「俺にとったらラァラは姉のようなものだからね。ラァラが横にいるのに君に変な気なんて起こしようもない。コイツを真ん中に置いて寝るようにしよう」

「な、なるほど？」

首を捻りつつ、ソニアは頷いた。

「ラァラのほうがシャルル様よりも年上なのですか？」

「ああ。小さい頃は本当に姉代わりのような存在だったよ。兄貴はそのときから王になるべくなにかと忙しくしていたしな。ラァラと、そしてシリウスは俺の面倒をよく見てくれた」

「そうなのですね……」

幼い日のシャルルとフェンリルたちの戯れを想像し、ソニアは目を細めた。

「君は寝相は悪くないだろう？　コイツを乗り越えて俺のいるところまでは寝転がったりしないよな？」

「は、はい！　私、まっすぐピタッとしたまま寝るのは得意です！」

「少しは寝返りを打ったほうがいいらしいよ」

「ぜ、善処します！」

そんなことを言い合いながら、二人で寝台の上に登る。

ラァラのぬいぐるみごしに横に眠るシャルルの顔を眺めていると、昨日までよりもシャルルとの距離が遠く感じられた。

（……ちょっと寂しい感じもしますが……。でも、明日からはお姉ちゃんのラァラと一緒にシャルル様の寝顔を眺めながら朝を過ごすのも、いいかもしれない……）

ふふ、と微笑みながらラァラのぬいぐるみをちょん、とつつくと、なぜだかシャルルは咳払いをひとつして、困ったような笑みをこぼすのだった。

◆
◆
◆

「……アイラ様。もう三日も神殿を閉じております、みな困っております。どうか、今日こそお力を……」

「うるさいわね……。わかってるわよ」

「ひっ」

憤りを抑えられていない声音とともに、アイラは手近にあった花瓶をわざと叩き落とした。

女官はびくりと肩を震えさせる。

「なんでもかんでも聖女に頼ればいいと思って……。『聖女』は人扱いされないのかしら。休むことすら許されないだなんて」

「アイラ様のお身体は、もちろん、何よりも大事にされるべきでございます。ですが、『聖女』の奇跡がなくては……」

歯切れ悪く喋る女官の言葉は最後まで聞くことなく、アイラは苛々としながら神殿の控え室を出て、廊下を肩で空を切るように歩いていった。

一歩足を踏み出すたび、頭がズキズキと痛む。

（絶対に、お姉様の呪いだわ……！）

アイラはそう決めつけていた。

姉が貧しい雪国に嫁いで行った。アイラの不調はそれから始まった。

いつもと同じように聖女の奇跡を使えなくなった。以前なら一瞬で治していた怪我を治すのにも時間がかかるし、力を使った後とてつもない疲労感が襲ってくる。癒やしの力だけでなく、作物を育てる力のほうも明らかに弱まっていた。

それでも、アイラは真なる聖女として国の聖女の仕事をこなさなくてはならなかった。

結果として、アイラの身体は限界を迎えつつあった。

何をしていてもしていなくても常時頭痛がする、力を使うたびに血を吐きそうになる。

父と神官長に言って、神殿の治療会を開くスケジュールを調整してもらうようになったが、それでもつらい。いままではこんなことなかった。いくら力を使おうが、アイラが疲れることはなかった。こんなにも力が使いづらいということはなかった。

もはや、己の身をすり減らしながら聖女の力を使っているのだという実感がアイラにはあった。

「……今日の治療会は終わりよ、並んでるやつらには……怪我しているやつにはお姉様が使ってた軟膏、病気のやつには粉薬でも渡してやって」

「しょ、承知しました。……あ」

「なによ」

「……その、ソニア様が常備されていたお薬類はもう底をついておりまして」

アイラは歯切れの悪い女官に対し、眉をつり上げた。

アイラは治療会を早くに切り上げて、残りの列の人たちには神官と女官に任せることはたびたびあった。そのときに使うのが、姉の残していった薬品類だった。

「なによ、準備が悪いわね。もうすぐなくなることくらい見たらわかるでしょう？　なんで在庫を調達しとかなかったのよ」

「恐れながらアイラ様。アレらはソニア様がお作りになったもので、売っているものではないのです」

「……はあ？」

姉が？　アイラはますます顔をしかめる。

あのぐずな姉に薬を作るなんて器用さがあったのかという驚きと、どこにでも売っているものを買ってきてなんとかしていたのではないかという疑問である。

「素人が作った薬でしょ？　ちゃんと薬師が作ったもののほうがいいに決まっているじゃない。なんで在庫を見て買い足ししなかったの」

「そ、その……市販品を用いたこともあったのですが、苦情がありまして……」

「はあ？」

「効き目が悪い、と……」

「……なにそれ」

アイラは吐き捨てるようにそう言った。

「もういいわ、今日の治療会はとにかくおしまいにして。後ろに並んでるやつらには何もしなくていい、文句があるならまた日を改めて並び直すように言って」

「ひっ……は、はい……」

　アイラにすっかり怯えている女官はコクコクと頷いた。

　そして、アイラは治療の間をグルリと取り囲むように控えている神殿の衛兵らを睨む。

　もし暴動でも起きようものなら、ちゃんと止めなさいよ、と言い含めるように。

（お姉様の作った薬がよく効く？　なんだか知らないけど、ふうん、お姉様なりに役に立ってたのね）

　イライラとしながら、アイラは金の髪をかきあげる。

　姉と同じ色の髪だ。間違いなく、ソニアはアイラの姉で、アイラはソニアの妹だった。

　けれど、アイラと姉ソニアは全く違う。

　アイラはアルノーツの王女にふさわしく、『聖女』の力を持って生まれてきたけれど、姉は出来損ない。姉は『厄災』の力をもって生まれてきた聖女のなり損ない、落ちこぼれ。

　いつだってアイラは姉の尻拭いをしてきた。

　どうしようもない姉、なんの能もない厄災女。

　しかして、アイラは姉のことが実は嫌いではなかった。

　いつだって姉はアイラに優越感を与えてくれるからだ。

姉はぐずであればぐずなほどいい。なんの役にも立たなければいい、いつだって自信なく困ったように笑い、何も言えずに唇を噛んでいる姿だけ見ていたかった。

それなのに――。

「……ねえ」

「は、はいっ」

アイラは神殿から、王城の自室に戻ってきていた。

専属のメイドは、神殿仕えのあの女官とは別人物であるはずなのに、なぜかあの女官と同じような反応をする。それがなんだかまた一段とアイラをイラつかせた。

「お父様に会いたいの、今すぐ。呼んできて」

「へ、陛下を……ですか」

メイドは尻込みする。相手は国王だ、一介のメイドであれば当然の反応だろう。

「あたしが会いたいって言ってるんだから平気よ、さっさと行って。ほら」

「は……はいっ」

あたふたと見るからに狼狽しながら駆けていくメイドの背を目で追いながら、アイラは深くため息をついた。いまでも、ずっと、頭が重く鈍痛を響かせていた。

ほどなくして、国王陛下である父はやってきた。当然だ、父はアイラを溺愛している。アイラが呼べばすぐにきて当然だ。

「どうしたね、アイラ。最近ずっと体調が悪いそうだが、何かあったのかい？」

「ありがとう、お父様！　……あのね、あたし、お願いがあるの」

アイラは父親の胸に飛びついて、硬い胸板に頬擦りをしながら甘い声を作る。

「あたし、ティエラリアに行ってお姉様と会いたいわ。いいでしょう？　元敵国になんの頼りもなく嫁いで行った姉のことが心配なの。だって、あたし、妹ですもの。姉が心配なのは当然。いいでしょう？」

小首を傾げ、可愛らしい表情を作りながら、アイラはそう言った。

第四章　ソニアの薬

「ワン、ツー、ワン、ツー。……そうよ、ソニアさん、とっても上手よ」

「はははははは、はいぃぃいい」

ガチガチのソニアに柔和に微笑んで見せる女性。

彼女こそ、ティエラリア王妃殿下――国母・マリアだ。

◆◆◆

「ダンス……ですか」

ある日のこと。シャルルから告げられた言葉をソニアはぽかんと繰り返した。

「ああ、君はそういう社交をしたことがないと聞いた。ならば、少しずつ練習していくのがいいんじゃないかと」

「はっ、はい、恐縮です……っ」

無教養を恥じて身をガチコチにさせるソニアにシャルルは優しく微笑む。

ソニアが華やかな舞台で表に立って目立つことはなかった。その役目はいつだって妹のものだ。

しいていうならば、ソニアは前座で、妹を引き立てるために聖女の力をうまく使えない姿を晒すのが常の役割だった。

「実は、半年後に我が国は建国祭を控えているんだ。そのときに、ダンスタイムがあるから」

「なっ、なるほど⁉」

建国祭。大規模な催しであることは想像に容易く、ソニアはぐっと拳を固めた。

アルノーツの建国祭は……そういえばこの間、終わってしまったばかりだな、とソニアは思い出す。

アルノーツは閉鎖的なところがある国で、建国祭に他国を招く習慣はなかった。ティエラリアと和睦を結んだからといっても、今回も他国《ティエラリア》を招待するということはなかったようだった。

「ティエラリアの建国祭では他国からもお客様を招くのですか？」

「ああ。我が国は他国の力添えがあってようやく存続している面があるからね、前に温室に連れていったときも話したろう？」

ソニアは頷く。ティエラリアは食糧、特に野菜類を他国からの輸入に頼っている。厳しい冬が長く続くティエラリアの国にとって社交は重要なのだろう。

「……あの、シャルル様」

恐る恐る、ソニアは小さく手を挙げる。

「なんだい、ソニア」

「これまでのお話を伺いますと……つまり、私は……シャルル様の妻として建国祭に出席する、と……そういうことでしょうか」

「当たり前だろう」

（この罪深い女を妻として……⁉）

ソニアはとんでもない事態に目の端に涙を滲ませながら必死に首を振った。

「よ、よろしいのですか⁉　こ、こんな、偽りの聖女を公に、妻などと……⁉」

「君との結婚はすでに近隣各国はもちろん、世界中が知るところだ。結婚式のときにパレードまでしたじゃないか」

「そ、それはそうですが……」

ソニアは顔を俯かせ、胸の前で手元をいじりながら、どうにかシャルルを説得しようと言葉を絞り出す。

「わ、私と……アルノーツの罪が明るみに出たときに、シャルル様にご迷惑がかかるのではないでしょうか。本来は和睦のために結ばれた婚姻です、不自然に隠すこともまた望ましくないとは存じますが、こう……私の露出は必要最低限に留めておいたほうが……」

「俺のことを心配してくれているのは嬉しいな。でも、君がしているのはいらない心配だよ」

「ひえ」

シャルルは顔を綻ばせ、愛おしげにソニアを見つめる。ソニアは身を縮こまらせて、ウジウジしていた両手をぎゅうと組むように握りしめた。

「再三伝えているが、君が思っているような罪は、君にはない。我々が君を罪人として扱うことはこれから先も絶対にないと誓える」

「で、でも……。私は……。シャルル様は、私の持つ力を、全てごらんになったでしょう。草木を枯らせ、人の傷も癒やせない。滅ぼすことだけが得意な『厄災』の力。……それに加えて、私は王族の人間としてふさわしい教養もありません」

「教養などこれからいくらでも学べばいいだろう。君は姿勢もいいし。どんな人に対しても丁寧で優しい人柄だ、なにも恥じることはないと思うが」

シャルルは言いながら、背を屈めた。ソニアの目線に合わせて、ジッとソニアの顔を覗き込む。いつ見ても「きれい」と見惚れてしまうような透き通ったオリーブグリーンの瞳が、すぐそこでソニアを見つめていた。

「ソニア。もう忘れてしまったか？　俺は君が好きだと言っただろう。俺は君の夫であり続けたい。……君が、どうしても嫌だと言わない限りは」

「え、ええと」

「俺が君のこと、好きだということは、忘れてしまっていた？」

「わ、忘れてません、しかと、覚えております……」

「君は、俺とずっと婚姻関係にあるのは嫌？」

「い、嫌なわけありません」

ソニアはふるふると首を横に振る。嫌なわけがない、シャルルとの結婚生活、この城での生活は、ソニアには恵まれすぎだ。

ただ、己がそれを身に受けて良い立場ではないということが問題なのである。

ソニアの葛藤はさておき、シャルルはソニアの答えを聞くと、ニコリと笑みを深め、ソニアの手を取るとチュッと音を立てて口づけを落とした。

「ああ、それから、ソニア」

「は、はい」

たっぷりと余韻を持たせてからシャルルは身を起こし、高い上背でソニアを見下ろしながら言った。

「俺は……いや、我が国は君は紛れもなく『聖女』だと考えているよ」

「――え？」

投げかけられた言葉にソニアは目を丸くする。

聖女？

私が？

なぜ？

ソニアは目を丸くしたまま、硬直する。

（え……。いままで私、シャルル様には、いかに私が聖女ではないぞという……姿しかお見せしていないのですが……）

「――ああ、そうだ、それで、話を戻すが」

呆然としているソニアにシャルルの咳払いが耳に入る。

ハッと意識を取り戻すものの、ソニアはまだ思考が宇宙の中に取り残されているような気分だった。

「ティエラリア王族伝統の踊りというものがあって、それは母から子、姉から妹、兄から弟と伝えられるんだ。……なので」

「なので？」

「君はお義姉《兄嫁》さんから習ってくれ」

「え――」

ぼんやりとしていた頭が強制的に現実に引き戻される。

そんなわけで、ソニアは義姉――すなわち、王妃殿下直々にダンスレッスンを受けることとなったのだった。

◆　◆　◆

「いつも会うのは食事のときくらいですものね。近くで接する機会ができて嬉しいわ」

「きょ、恐縮です……っ」

たおやかに笑うマリアに対し、ソニアは肩に力を入れて身を固くして答えた。

マリアは間違いなく、穏やかで心優しい人物である。まさに国の母にふさわしい柔らかな印象の女性だ。

「ソニアさんは手足が長くてスラリとしているから、振り付けをマスターして堂々とできるようになったら、きっとみんなが見惚れるようになりますよ」

「は、はいっ、ありがとうございますっ」

「もう、ソニアさんたら。いつまでも初々しいんだから」

「す、すみません、私、物覚えが悪く……」

「一日でこれだけ踊れるようになればたいしたものよ。明日も頑張りましょうね」

「はいっ……」

罪の意識からつい一線を引いてしまうソニアにもマリアは優しい。マリアの優しさへの感謝と、申し訳なさにソニアはいっぱいいっぱいになりながらも懸命に頷いた。

（あ、明日も、マリア様とダンスレッスン、毎日……えっ、建国祭は半年後と聞いていますが、もしや半年間、毎日……⁉）

お忙しいマリア様の貴重な時間を自分のために使わせてしまうなんて、申し訳がなさすぎる。

――一日も早く、踊りをマスターしなければ――。

ソニアは震えながら、固く決意するのだった。

◆　◆　◆

「俺は君を聖女と思っているよ」

――夫、シャルル。

「うふふ。本当に聖女なんていたのねえ。ソニアさん、すごいわあ」

――兄嫁（王妃殿下）、マリア。

「君が罪の意識を抱えているというのはシャルルからよく聞いている。……だが、我々は君は真に聖女なのだろうと考えている。君に対してなんらかの処罰を与えることはない」

――義兄（国王陛下）、カイゼル。


「ど、どうして……」

ソニアは頭を抱えた。

これまでずっと、『自分は聖女ではない』という姿を見せつけてきたはずなのに。

夫を始めとしたティエラリア王家の面々は口々にソニアを『聖女』と扱おうとする。

「どうかなさいましたか、ソニア様」

「あっ……ご、ごめんなさい、リリアン。ちょっと考えごとを……」

「最近はよくそうして憂《うれ》いておりますね。王妃殿下とのダンスレッスンでお疲れでしょうか？」

「ううーん、それも、あるような……ないような……」

ソニアはリリアンに対して言葉を濁す。

さしものソニアも、『自分は本当は聖女ではない』ということは専属侍女リリアンには打ち明けていなかった。言えば、彼女の負担になることは想像に難くない。ソニアが罪を告白したのはシャルルたち、王家の人間たちだけだ。

（もしかしたら、シャルル様づてに話を聞いている……かもしれないけれど）

そうだとしても、自ら積極的に言いふらすべきではないことくらいはソニアも弁えていた。

シャルルたちは事を荒立てないようにソニアのことを大事に扱ってくれているのだから。

（……それにしても、最近は……『聖女』扱いがすごいですが……）

改めて、ソニアは頭を抱える。

と、ここでソニアの居室にノックの音が響いた。

「……誰か来たようです」

リリアンが素早く動き、扉を開き、廊下に出ていった。

しばらく誰かと話し合う声が細々と聞こえ、次にソニアの居室の中に姿を見せたのはリリアンではなく、長身で髪をキツく束ねている中年の侍女だった。

「——失礼いたします。ソニア様。リリアンの母が急に身体を悪くしたと連絡が入りまして……今すぐリリアンを向かわせてやりたいので、恐れながら、今このときより、わたくし、侍女長マリベルが身辺のお世話をさせていただきたく存じます」

「ま、まあ！」

ソニアは思わずガタッと音を立てて椅子を立った。侍女長の細い眉がぴくりとあがる。

「それは大変なことです。事情は承知いたしました。よろしくお願いいたします」

「……ええ。年の近いリリアンと違って、わたくしでは退屈させてしまうかもしれませんが、ソニア様のために一所懸命ご奉仕いたしますので、なんでもお申し付けくださいませ」

マリベルは弧を描くように目を細めた。

◆◆◆

（……建国祭に、あの蛮族の国の姫を、『王弟の妻』としてお披露目する気だなんて……！）

王妃殿下直々にティエラリア王族の踊りを習っていることを聞きつけたマリベルは、憤怒した。

王弟シャルルは情に厚い人間だ。それゆえに、迎え入れた敗戦国の姫を無下には扱えぬだろうとマリベルは同情していた。

だが、建国祭というあえて他国の人間もいる場で改めてお披露目をする気だとは、正気の沙汰とは思えなかった。

ティエラリアはアルノーツとの戦争に勝利した。

だが、アルノーツがティエラリアから奪っていったものは多い。

平和な日常、昨日まで笑っていたはずの隣人、家族。命までは奪われなかったとしても、戦いの中で怪我や病に陥った人たち――。

マリベルはソニアに対して微笑を絶やさないまま、歯噛みした。

マリベルの最愛の一人息子はアルノーツが仕掛けた毒矢の罠のせいで、半身の自由をなくした。

命だけは助かったことをマリベルは神に感謝し、そしてアルノーツの国を呪った。

世界唯一の存在である『聖女』を国に迎え入れることで和睦という結末を迎えたことに、マリベルは納得いっていなかった。

どう考えても、身勝手な侵略国のほうに都合が良すぎる。

いくら世界で唯一の『聖女』を譲ってもらうからといっても、ティエラリアは圧倒的優位に立っていた。逆にアルノーツに攻め込んで、アルノーツを支配することだってできたはずなのに。

多くの国民は『聖女』が来るならば、この貧しい大地が『聖女』の力でもう少し豊かになるのならば、と溜飲を下げたようだが、マリベルはとてもそんな気持ちになれなかった。

（大体、『聖女』なんて、胡散臭すぎるわ。どうにかこの女の尻尾を掴んで……『聖女』なんてたいそうなもんじゃない、ただの愚かな小娘なんだ、って証明して、国から追い出してやる！）

風の噂では、アルノーツの国はまだ敗戦のダメージから回復しきれていないのか、国全体が荒れているというような話を聞く。

であれば、チャンスだ。

偽りの花嫁を送ってきた国、その贖罪のための侵攻を今度はこちらから仕掛ける。

そうなってほしい、そうしてほしいと、マリベルはそう祈っていた。

（それにしても、いくら野蛮な国の生まれだからといっても、一国の姫だったはずなのに、ずいぶん不作法だこと）

ガタガタみっともない音を立てて椅子から立ち上がったり、落ち着きなくキョロキョロしたり。

マリベルはソニアに対して心底呆れた。

（王族としての教養も品性もない。そのうえ、『聖女』ですらないのなら、王弟殿下の妻には到

底ふさわしくないわ）

リリアンの報告だと、近頃のシャルルは特にソニアを溺愛しているとの話だ。

信じられない。見た目だけならば、ソニアは手足がスラリと長くてスタイルが良く、顔も整っていると評されるかもしれないが、王弟殿下に愛されるべき気品はない。

シャルルは己を厳しく律する気質で、ソニアとの婚姻まで女性との浮いた話は一切聞かなかったが、初めて得た近しい女性ということで籠絡されてしまったのだろうか。

「……ソニア様。どうです、お茶のおかわりは」

「はっ、はいっ。ありがとうございます、いただきます！」

（ほら、また無駄にワタワタとする。こんな落ち着きのない王族、信じられない）

マリベルはソニアには見えない角度で口を歪める。

こんな女に奉仕などしたくないが、手を抜いた仕事をするのは流儀に反する。それに万が一、とぼけて見えるこの女の本質が陰湿でないとも限らない。至らない姿を晒して後からシャルルに「侍女長はお茶の一つも満足に淹れられないのですね」などと言われたくはない。

マリベルは美しい所作で完璧にお茶を淹れてみせる。

そして、ソニアにソーサーを差し出した。

「……危ない！」

その瞬間、バリンと音が響いた。

見開いた目で音のほうを振り向けば、窓が割れていた。しかし、そんなことは些事であった。

「――ま、まものっ!?」

大きなクチバシを持った巨大な鳥型の魔物がそこにいた。マリベルは咄嗟に身を引き、腰をテーブルに打った。弾みでティーポットが床に落ちて割れる。

倒れ込んだマリベルは両手をかざして震えることしかできなかった。

城の中に魔物が襲ってくるなんて、いままでなかったのに。

（こ、この女が……！）

恐怖の中でマリベルの頭によぎったのは、ソニアである。

アルノーツの花嫁、ソニア。

彼女がこの魔物を呼んだのだと、マリベルはこの一瞬の間に決めつけた。

アルノーツとソニアへの憎しみを抱えながら強く両目を閉じるマリベル。

だが、魔物のクチバシも、鋭い爪も、マリベルに届くことはなかった。

（……？）

「あ、あの、大丈夫でしたかっ」

恐る恐る目を開けると、ソニアが眉を垂れ下げ、情けない顔をしてマリベルを覗き込んでいた。

「お、驚きましたね、まさか、部屋の中に魔物が突っ込んでくるなんて……。ティエラリアは魔物が多いと聞いてはおりましたが、みなさん、こんなふうに常に魔物との脅威と隣り合わせの生活をされてきたのですね……」

――ふざけるな。

呆然としていたマリベルだったが、呑気なことを言うソニアに憤りを覚えた。

（馬鹿にしないでよ、ティエラリアは、シャルル様たちフェンリルライダーや、騎士のみんなが頑張って平和を守っているのよ。魔物がこんなふうにいきなり人の居住区内にやってくるなんてことは、年に数回もないんだから……！）

ましてや、この城は特に厳重に守られている場所なのだ。それを「ティエラリアではよくあることなのでしょう？」とのたまうとは。

マリベルはソニアのとぼけた態度を許せなかった。

「あ、あの、魔物はやっつけましたから！　大丈夫ですよ！」

「……は？」

両手に握り拳を作るソニアに対し、マリベルは露骨に歪む顔を隠せなかった。

「……やっつけた？」

「はい！」

「……あなたが……？」

窓のほうを見やる。

散乱するガラスのほか、見当たるものは何もない。まさに魔物は影も形もなくなっていた。

「……」

「ほ、本当に大丈夫ですか？　ごめんなさい、私がもっと早く気づけていたら……」

「……ば、ばけもの……」

「え？」

マリベルは身じろぐ。

倒れ込む己に差し出された白い手をマリベルは叩いた。

「バケモノ！　あ、あなたなんて、『聖女』じゃない……っ！　魔物を引き寄せて……！　そして、やってきた魔物を、こうもあっさり……消し去って……！　こんな力、『聖女』じゃない！」

マリベルは無我夢中で叫んでいた。

「そ、そうなんです！　わ、私、聖女じゃないんです‼」

マリベルは再び慄《おのの》いた。

（し、信じられない、この女……）

頬を赤らめ、眉を下げ、苦笑いするソニアを指差しながら、マリベルは顔を引き攣らせる。

（――なんで嬉しそうにしているの――⁉）

◆　◆　◆

突如魔物の襲撃を受けたその日の夕刻。見るも無惨に砕け散った自室の窓を見つめ、シャルルは顎に手をやりつつボソボソと呟いた。

「……そうか、魔物が……。やっぱり、というか、いつか来るのだろうとは思っていたが……」

「えっ？」

「いや、君は気にしないでくれ」

ソニアは小首を傾げつつ、シャルルに頷いてみせる。

「すみません……。あの、魔物が近づいているとかそういうことがわかればよいのですが、なにぶん、私、聖女ではないものですから、そういうことができなくて……。この通り、窓が壊れてしまった次第です……」

「窓なんて直せばいいんだ。それよりも君と……リリアンの代わりについていたという侍女長に怪我がなくてよかった」

「は、はい！　侍女長さん、腰を抜かしてしまわれて大変でしたが、大事に至らずよかったです！」

「ところで、聖女ならば魔物の襲来に気づけるものなのか？　君の妹はどうだったんだ」

「どうでしょう……。お恥ずかしい話ですが、私は姉としては尊敬されていませんでしたので……そういうことを聞いても、「さあ、どうかしらね？」という調子で教えてもらえなくて。でも、魔物処理係の私を近くに置いているときにしか不思議と魔物はやってこなかったので、もしかしたら、妹には魔物の訪れるタイミングがわかっていたのでは、と私は考えていましたが」

「……なるほど」

シャルルは顎に手をやったまま、眉をピクリとわずかに動かした。

ソニアにはわからないが、シャルルはソニアの弁から何かを察したらしい。

（……やっぱり、コイツ《私》は聖女じゃないと、思い直していただけたのでしょうか……）

　ソニアはパチパチと瞬きをしながらシャルルを見上げる。

　しばらく考え事をしている様子のシャルルだったが、ふと表情を和らげると、優しい声でソニアに言った。

「しばらくは君のそばに俺がいるようにしようか。君の力ならば、魔物は脅威にならないことはわかったが、君以外の周囲に被害が及ぶ可能性は否定できないし、魔物を容易く滅せられるとはいえ、君だって魔物が迫ってくるのは怖いだろう」

「えっ、そ、そんな。シャルル様はお務めが……」

「前も話したと思うが、最近は本当に魔物の数が減ってきたんだ。王都の周りは特に。俺一人が別任務についたところで支障はない」

「に、にんむ」

「王弟の妻の護衛は立派な任務だと思うが」

「お、王弟の妻……というか、あの……なんといいますか……その……」

「俺の妻だな」

「だいぶ私的ではないでしょうか！」

「そうか？　承認されると思うが……。とりあえず明日の朝の会議で提案するから、明日の午後からはそばにいられるようにするよ」

　ソニアは「いいんでしょうか」と思いつつも、なんと言えばいいのかはわからず、オロオロとシャルルの顔を窺い見るが、直視すると目がやられそうなほどきれいなオリーブグリーンの眼差しに撃沈するのみだった。

（……あれ？　シャルル様、私のところに魔物がやってくる前提でお話しされている？）

今回の件はたまたまで、私は聖女ではないから妹のように魔物に狙われることはないのに。

シャルルはどこかで勘違いしてしまったのだろうか。妹の話もさきほど同時にしていたから、ごっちゃになってしまったのかもしれない。

ソニアは突破口を見つけたぞ！　という気持ちで意気込んでシャルルに「あの！」と声を張り上げた。

――そこに、ノック音が響く。

それから少し遅れて「失礼します」と聞き慣れた声が聞こえてきた。

ドアの向こうにいたのはソニアの専属侍女のリリアンだった。昼頃に侍女長からの報せで、急に具合を悪くした母の下に行ったはずだったのだが。

ソニアは目をぱちくりさせながら彼女に問うた。

「ええと、リリアン。もうお母様はよいんですか？　しばらくは実家に戻っていたほうが……」

「母はただのギックリ腰でした。家にはわたくしの弟妹がいますから心配ありません」

リリアンは猫に似た少しつり目の大きな瞳をわずかに細めながら答えた。

しばらく困ったような微笑みを浮かべていたリリアンだったが、ふと、足を半歩下げ、ソニアに対し深々と頭を下げる。

次に出てきたのは、謝罪の言葉だった。

「……此度の侍女長マリベルの暴言、同僚として代わって謝罪申し上げます。ソニア様、大変なご無礼を……」

「ま、待ってください！　暴言なんてそんな……侍女長さんは至極真っ当なことしか仰ってませんでしたよ！」

　ソニアが魔物を滅したあと、マリベルはよほど魔物が恐ろしかったのだろう。錯乱状態となり、ソニアに大声を浴びせているところ、騒ぎを聞きつけた城の衛兵たちに連れて行かれてしまった。

　ソニアも窓が壊れてしまったこの部屋とは別室に案内され、そこで呆然と時を過ごしていたのだが、シャルルが勤めを終えて帰ってきたところで一緒に部屋の様子を見に行き、今に至る。

「君を『聖女じゃない、バケモノだ』と言ったんだろう。十分暴言だと思うが」

「でも私、実際に聖女じゃありませんし……」

　ソニアが言うと、シャルルは「はあ」とため息をつく。

「なんでちょっと嬉しそうというか、ホッとしたみたいな顔しているんだ？」

「さ、最近、みなさんに『聖女』と扱われて自己認識との乖離に悩んでいたので、久しぶりに自己を肯定してくださる方がいらっしゃったものでしたから……」

　本当ならば、自分が聖女ではないということはいたずらに広めるべきではないのに、思わず反射的に「はいそうです！」と言ってしまった。

「すみません……」

「どういうアイデンティティを確立させているんだ、君は」

リリアンに聞こえないよう、シャルルに対してのみ小声で話すと、シャルルも小さくぼやくように言って、もう一度大きなため息をついたようだった。

「……侍女長、マリベル……。彼女がアルノーツを快く思っていないことは把握していたが……想像以上に、根深いな」

シャルルは複雑そうに眉をひそめた。少し間があってから、シャルルは語り出す。

終始、優勢であり続けていたティエラリアだったが、とはいえアルノーツとの戦争により傷ついたティエラリアの民は少なくはない。

「……マリベル、彼女の息子はアルノーツの兵が仕掛けた毒矢の罠のせいで半身の自由を失ってしまったんだ」

「……そうだったのですね」

ソニアは顔をうつむかせる。

「全ての国民がアルノーツとの和睦に納得しているわけではない。……よく顧慮《こりょ》する君のことだ、きっと承知しているだろうが」

「はい、当然です」

シャルルの言に、ソニアは深く頷く。

ソニアの罪は、ティエラリア王家を騙して『聖女』ではないのに偽の花嫁として嫁いだことだけではない。そもそも、侵略国の娘なのだ。

ソニアは自分の立場を弁えていた。

　シャルルはソニアにこれを言うべきか否か、悩んだのだろう。ソニアに対し、申し訳なさそうな表情を浮かべる彼に、ソニアは小さく首を振り、微笑んだ。

「シャルル様。侍女長さんのこと、教えてくださってありがとうございます」

「……すまん。むしろ、もっと早くに伝えるべきだったな」

「とんでもないです！　その、そう思われている方はきっと……たくさんいらっしゃるだろうと思っておりましたので……」

　ソニアはシャルルにわたわたと両手を振って、謝らないでほしい意を伝える。

　そして、表情を引き締めてから、口を開いた。

「……ところで、シャルル様。アルノーツがしかけた毒矢、と仰いましたね？」

「ああ」

「私、もしかしたら、その毒……治せるかもしれません」

◆
◆
◆

　王都の居住区域の一画。ある一軒の家に、来訪者を知らせる鐘の音が鳴った。

　マリベルはゆっくりと扉を開き、そして目を見開く。

「……!?　王弟殿下、なぜここに……」

「マリベル。急に申し訳ない。君の息子の治療に来た」

突如現れた王弟・シャルルにマリベルは慌てて居住まいを正す。

魔物が襲撃し、マリベルがソニアに暴言を働いたその翌日。マリベルは数日の謹慎処分を受け、自宅にこもっていた。

そんな折に王弟殿下が姿を現したのだから、マリベルの動揺は大きいようだった。

「む、息子の……？」

「ああ。……ソニア」

「し、失礼いたします！」

「……ッ」

マリベルはシャルルの背に隠れていたソニアの姿を認めると、眉をひそめ、唇を噛んだようだった。ソニアは普段着ているようなドレスではなく、白い装束を着込んでいた。「私は聖女だ」とでも言いたげな衣装をマリベルは目を眇めて見ていた。

「彼女に君の息子の話をしたんだ。……そうしたら、彼女は自分ならば彼の毒を癒やせるかもしれない、と」

「そんなこと……。無理ですよ、ティエラリアの医師が何人見たって、もう手遅れだ、って。一命を取り留めたことが奇跡だと言われたのに……」

マリベルはあからさまにソニアを警戒していた。マリベルの目がチラリと、部屋の奥の扉に向けられる。そこに息子がいるのだろう。

「マリベル。悪いようにはならないよ。どうかソニアに彼の治療をさせてはもらえないか？」

「……」

マリベルはぎり、と歯軋りする。

葛藤があった。侵略国の娘に、自分の命より大切な息子の身体を診せたくない。

さんざん絶望し尽くしたのだ、息子の半身がもう動くわけはない。

だが、もしかしたらという念に、胸がドクンと音を立てるのをマリベルは無視することはできなかった。ゴクリと、マリベルは生唾を呑む。

「……わかりました。妙なことをしたら……いくら王弟殿下の妃といえど、許しませんよ」

「あ、ありがとうございますっ」

弾んだソニアの声に苛立ちを覚えながら、マリベルはその部屋の扉を開けた。

「……母さん……?」

「アスコット。お前の身体を診てくれるそうよ」

「お、王弟殿下!?　……そちらの女性は、もしかして、アルノーツの……?」

「ああ、アルノーツから来た俺の花嫁、ソニアだ。今日は彼女が君の身体を診てくれる」

「……そうか、聖女が……」

マリベルの息子、アスコットは濃い色の瞳を細めて薄く笑った。

顔色は良くない。身体の右半分が動かなくなってしまったという話だから、ほとんどベッドの上で寝たきりの生活をしているのだろう。

まだ年若いはずなのに、頬はこけ、目の下が窪んでしまっていた。

「初めまして、ソニアと申します。早速ですが、毒矢を受けた部位をお見せいただいても……？」

「……はい、お見苦しいと思いますが……。母さん、めくってくれる？」

アスコットに乞われてマリベルはアスコットの前開きのローブをめくり、右の脇腹をソニアに見せてくれた。

不自然に青紫になった傷跡が色濃く残っていた。

矢を受けた箇所を囲むように、濃い紫の斑点模様がまるで薔薇の花びらのように散っていた。

「これが、もう少し心臓に近いところだったら命も危なかったと言われました」

「……これは、なるほど……」

この特徴的な花びらのような斑点模様に、ソニアは心当たりがあった。

アルノーツでのみ自生する花の根から抽出できる毒だ。

毒性は強く、食せば命を奪い、皮膚に塗っただけでも皮膚を爛れさせる。これを矢尻に仕込んで傷口から身体に流し込んだとすれば、身体の自由を奪われるに至るのも納得がいく猛毒だ。

（……これが、戦で使われていたのですね……）

ソニアの胸が痛む。

以前読み込んだ薬と毒についてをまとめた本にあった記述と合致する、彼の肌のアザを見ながら、ソニアは目を眇めた。熊など大型の獣を殺すために使われる毒だ。人間の身体でそれを受けたならばどれほどの苦しみがあったことだろう。

「……塗り薬と、それから解毒薬を用意しますね」

ソニアの言葉にマリベルが瞠目した。

「薬があるの⁉」

「は、はい。患部に塗り薬を塗って、ええと、解毒薬を飲んでいただければ……治るかと……」

「……ほんとうに……？」

マリベルは目を丸くしたまま、へたりとその場に座り込んでしまった。ソニアはそんなマリベルの姿を一瞥し、懐のポーチから塗り薬の小瓶と、薄紙に包んだ粉の薬を取り出した。

「すみません、少し沁みます」

「……くっ」

ソニアが傷跡に触れると、アスコットは低い呻き声を漏らした。

「えっと、この薬も飲みづらい味なのですが……。お水をいただいてもいいですか？」

「……俺がとってくるよ、いいよな。マリベル」

確認を取るシャルルに、腰を抜かしているマリベルはコクコクと頷く。

シャルルはすぐに水の入ったコップを持って戻ってきた。

「……これを……」

ソニアはアスコットの上体を起こしてやり、粉薬と、水を飲むように促す。

アスコットは不安げな表情でそれを飲み干し、しばらくして。

瞳を大きく見開き、己の右手を眺めた。

アスコットの右手の指が、わずかにだが、動いていた。

「……！　アスコット！」

「かあさん……！　お、おれ、動く。右手が、動くよ！」

片腕を震えさせながら、ぎこちなくだがアスコットは母の身体を抱き締めた。

「よ、よかった。ちゃんと効きましたね！」

抱きしめ合う母子の姿を見て、ソニアも肩の力を抜く。はあ、と長く息をついた。

「……君の薬というのがよく効くのはわかっていたが、ここまでとは……」

シャルルが小さく囁くのをソニアはきょとんと見上げるが、シャルルは苦笑して「いや」と言葉を濁した。

「……こ、これは、あなたが……？」

息子の腕に抱かれたまま、マリベルは信じられないという表情でソニアの顔を見上げた。

「は、はい。アルノーツで作られた毒であれば、私、少し詳しいんです。薬の作り方を学ぶときに、毒の作り方とその特性、治療薬についても一通り知識を得ていましたから……」

「……それにしたって、こんなに……薬がすぐ効くなんて……」

マリベルの視線がシャルルに移る。シャルルは瞳を伏せ、マリベルに頷いてみせた。

マリベルは小さく頭を振り、息子から離れるとソニアに向かって恭しく礼をした。

「……ソニア様。ご無礼をお詫び申し上げます。そして……ありがとうございます」

「えっえっえっ、そんな。わ、私は……」

狼狽えるソニアを置いて、マリベルは眉根を寄せながら言葉を続ける。

「わたくしの心に宿る憎しみは、正直まだ消えてはおりません。アルノーツの国は憎い、許せない。きっと一生恨み続ける。……けれど、あなたに関しては、考えを改めようと思います」

「マ、マリベル……侍女長……」

「ソニア様。……ありがとうございました」

マリベルから語られる感謝の言葉に動揺するソニアだったが、そんなソニアの肩をシャルルが叩いた。

「ソニア。君は彼を救った、そしてそれは感謝されるべきことだ。自信を持って」

「……シャルル様……」

ソニアの頭の中には、罪悪感があった。

そもそもはアルノーツの国が彼を傷つけたのだ。自分が彼の傷と毒を癒やすのは当然のことだ。憎まれることはあれど、感謝をされるなど、夢にも思わなかった。

ソニアは俯く。

この感謝を、自分の罪悪感を、どう処理すればいいのかわからなかった。

けれど、肩を抱くシャルルの手の温かさを頼もしく感じ、なぜだか目頭が熱くなるのだった。

マリベルの息子の一件で、アルノーツがティエラリアに残した戦火の爪痕を知ったソニアはまだ救える人がいるならば、とティエラリアとの戦で負傷した人々の治療を始めることにした。

城中の王族居住区域の空き部屋を借りて、ソニアは薬作りに励んだ。

「……ソニア。頑張っているな」

「あっ、シャ、シャルル様！　ありがとうございます、作業部屋と、材料や道具の手配までしていただき……！」

「当然のことだ。君がそんなに頭を下げるようなことじゃないよ」

机の上の調合器具にがぶりつきになっていたソニアは、シャルルの来訪に慌てて椅子を引き、頭を下げた。

シャルルは苦笑し、ソニアに頭を上げるよう促す。

「君の薬は……本当によく効くんだな。みんな、感謝していた」

「そ、そんな。それこそ、当然のことです。アルノーツが仕掛けた戦のせいで、みなさんを苦しめていたのですから……」

ソニアは罪悪感から目を伏せ、頭を振る。

「もっと早く思い至れていればよかったのですが……」

「そんなことはない。君は……アルノーツ王の思惑により無理やり嫁がされて、それどころじゃなかったろうし。それを言うなら、君の作った薬の効力を知ってすぐに、俺が察して手配すべきだったんだが……」

シャルルは言葉を切り、口元を掌で押さえながら、眉根を寄せる。

「……まさかここまでとは想定していなかった。あんな重傷人を瞬時に救えるほど……とは……」

「……？」

シャルルのどこか剣呑な表情にソニアは首を傾げたが、シャルルは「いや」と浅く笑い、誤魔化してしまった。

椅子に座るソニアに一歩近づき、シャルルは優しい声で問いかける。

「義姉上とのダンスレッスンもあるだろう？　無理してないか？」

「とんでもないです！　むしろ私、ずっとのんびりと過ごさせていただいておりましたから……」

シャルルの気遣いに、ソニアははにかみながら答える。

ティエラリアの国に来て、数ヶ月。こんなにゆっくり眠れたことも、毎食温かい食事を満足に摂れたことも、かつてアルノーツで過ごしていたときにはなかったことだ。

特にお勧めが求められることもない。ソニアの体調はいままでになく調子がよかった。

「こ、こうして、私でもみなさんの力に……お助けになれることができて、嬉しいんです。戦で傷ついたけれど、まだ間に合う人たちがいるのならば、救いたい……」

「……そうか。君は優しいな」

「とっ、とんでもないです！　そもそも、全てはアルノーツが……」

「ソニア」

ぶんぶんと手を振り否定しようとするソニアを、シャルルはいなした。

「君は……アルノーツでは力のない聖女だと扱われていたんだろう？　どうしてその君が、薬を作るようになったんだ？」

「は、はい。私は……聖女の力は持ちませんが、でも、妹の補佐として、妹が行う神殿での治療会を手伝っていました。怪我や病に苦しむ人は絶えません。……少しでも、力になれれば、と。それで薬学を学びました」

「……そうか」

シャルルは目を細める。その目線がむず痒くてソニアは少し頬が熱くなった。

「聖女の奇跡に期待して訪れた人たちは、奇跡でもなんでもないただの軟膏や飲み薬で対応されることを嘆く方もいらっしゃいましたが、でも、怪我が治るととてもとても嬉しそうな顔をされる方もいて……」

「……やりがいがあったんだな」

「は、はい。……私、本当に、何もできないやつでしたから」

「あの国にいたときにも、君が少しでも報われるようなことがあってよかった」

「？　あ、ありがとうございます」

しみじみと言うシャルルを不思議に思いつつ、ソニアは礼を言う。

「え、ええと、シャルル様。シャルル様こそお忙しくありませんか？」

「うん？」

「私の護衛任務なんて……」

「ああ、さすがにずっとそばに……とはいかずに悪いな。できる限りは一緒にいられるようにしているんだが……」

「と、とんでもないです」

表情を曇らせるシャルルにソニアはまたも慌てて手を振った。

魔物の襲撃があってからというもの、シャルルは有言実行で本当にほぼ毎日ソニアのそばに護衛としてついていてくれるようになってしまった。フェンリル騎士団として外せない仕事もあるが、日夜ほとんどつきっきりといってもいいくらいだ。

「あの……ご心配いただいておりますが、魔物のことでしたら大丈夫ですよ。あの日もたまたま魔物がやってきただけで、私は聖女じゃありませんから、私が魔物を引き寄せているわけではないと思いますし……。万が一やってきても、私は魔物をやっつけるのは得意ですからね！」

「君に魔物を葬る力があるのは知っているが、だからといって、君だって魔物が怖くないわけじゃないだろう？　……それに、君以外の人間や物に被害が及ぶ可能性はあるしな」

ソニアはハッとする。

そうだ、この間だって、まんまと部屋の窓を破壊され、侍女長の身にも危機が及んでいたのに。

自分のことしか頭になかったことを恥じてソニアはシャルルに勢いよく頭を下げた。

「た、確かに！　申し訳ありません、私、思い上がっておりました！　私のためなわけがありませんでした！」

「君のためだよ。……今のは俺の言い方が悪かったかな……」

（こ、困った顔にさせてしまった！）

バツが悪そうな表情を浮かべたシャルルに慌てて何か気の利いたことを言えないだろうかとソニアが思考回路を目まぐるしく巡らせていると、慌ただしい足音が扉の外から聞こえてきた。

「――シャ、シャルル様！　大変です」

「……どうした」

飛び込んできたのは城の衛兵である。

彼はシャルルになにやら耳打ちをし、そしてシャルルは眉間に深い皺を作った。

「……すまない。ソニア、さっそくだが少し、君のそばを離れる」

「えっ、あっ、はい」

「君のことだから何事もないとは思うが……無理はしないでくれよ」

「は、はい！　いってらっしゃいませ！」

こくこくと頷き、ソニアはシャルルを見送る。シャルルは小さく笑って見せると、足早に衛兵と共に去っていってしまった。

（……一体、何があったのでしょうか……？）

大事でなければよいけれど、とソニアは小さく胸の中で祈った。

◆◆◆

「……一体どうなってるんだ、アルノーツの王族は。来訪願は丁重にお断りしたはずだろう。これから建国祭もあるから、もしもおいでになるのならばそのときにと伝えたはずだ」

「そ、そうなのですが、どうも、我々の返事が届くのを待たず、ご出立されたようで……。国境に配置された門番はあまりにも堂々とされているので、来訪の承認は得ているものと思い込んでしまったのかと」

「……来てしまったものはしょうがないな。彼女に会わせたくはないが……」

さて、どうすべきか。

シャルルは濃い銀の髪をぐしゃ、としながら、ため息をついた。

「とりあえず来賓室にご案内しております」

「ああ、ありがとう」

追い出すわけにはいかないから、やむを得ない対応だろう。

——アルノーツの第二王女、アイラ。

彼女がティエラリアに来てしまった。

◆　◆　◆

「……それでは、わたくしはこちらに控えておりますので。何かありましたらなんなりとお申し付けくださいませ」

マリベルと名乗った侍女は完璧な角度でアイラに礼をして見せた。

その仕草と、アイラをもてなすための支度をするまでの一連の彼女の働きを見ていたアイラは目を細める。

（嫌味なくらい完璧にこなすじゃない。それでいて、なーんとなく、嫌な感じ）

聡いアイラは中年侍女の持つアイラへの嫌悪感を感じ取っていた。

そして、その嫌悪感は相手に感じ取れるようにわざと絶妙に出されたものであることも。

（……この女、あたしに……っていうか。アルノーツに恨みがあるんでしょうねえ）

アイラははあ、と小さく息をつく。

確か、侍女長と名乗っていたか。侍女長ともなれば、暇ではないだろうに。

（わざわざ自ら志願して、アルノーツの王女であるあたしの接待役になったんでしょうね。なーんともいえない嫌な気分にさせるために！）

アイラはマリベルの性格の悪さを見抜いていた。自分も似た性質を持つからわかる。

「ねえ、お姉様には会えないの？　言ったでしょう。あたし、お姉様に会いにきたの」

　この調子だと、姉もこの女にいじめられていたのではないかとアイラは推察する。

　まあ、ぐずな姉では嫌がらせを受けていたところでそれすらもわからなかったかもしれないが。

「ソニア様はただいまお勤めをなされておいでです。急なご訪問でしたから、今すぐに来ていただくということは難しいかと。お勤めのあとも王族としての予定がおありです」

「お勤め？　あら、ティエラリアの王族に嫁いだらどんなお仕事があるのかしら」

「ソニア様のお勤めは王族だからではありません。ソニア様にしかできないことをしていただいております」

「……お姉様にしか……？」

　アイラは眉を歪めた。

　あの姉にしかできないこと。何があるというのだろうか。

　侍女は自ら話す気はないのか、しらっとした顔で姿勢良く部屋の隅に立っている。

「なんだっていいわ、あたし、お姉さまに会えるまで帰る気ないから」

「……左様ですか。申し訳ございません。わたくしにはソニア様をこちらにお連れできるような権限はなく……」

　頭を下げられても、アイラは謝られている気はまるでしなかった。

「……そろそろお茶のおかわりはいかがでしょう？」

「……ええ。お願いするわ」

　ずっとあたしのお茶を淹れ続ける気なのかしら、とアイラは呆れてため息をつく。

この繰り返しで果たしてどれほどの時間が経ったろうか。アイラは痺れを切らしてきた。

「ねえ、お姉様のいるところに案内してちょうだいよ」

「わたくしには判断しかねます」

「だったら、ご判断できる人に聞いてきてよ。それくらいできるでしょ」

侍女は「かしこまりました」と短く言うと、礼をして部屋を出ていく。

それから間もなく、侍女は人を一人連れて戻ってきた。

「……失礼する。妻の妹がおいでになっていると聞いて、挨拶に来た次第だ。私の名はシャルル。ようこそ、ティエラリアへ」

「――シャルル様？」

シャルルと名乗る長身の男を見るなり、アイラは目の色を変えた。

（なっっっんてイケメンなの⁉）

短く切った髪は濃い銀の色が美しく、澄んだオリーブグリーンの瞳は大きくて意志の強そうな印象を与える。聡明な顔立ち。背が高く、引き締まってたくましい体躯。

アイラはしばし見とれていたが、ハッとして目を丸くする。

（待って……⁉　シャルル、って……。そしてお姉様のことを、妻、って……）

改めてアイラはシャルルを見る。

（この人が、王弟シャルル……⁉）

思わずごくりと生唾を飲んだ。

（な、なによ！　こんないい男だって知ってたらあたしが嫁いでたのに！　こんな男、アルノーツにはいなかったわよ⁉）

ちらりとアイラの頭にあることが思い浮かぶ。

——今からでも遅くないのでは？

近頃のアイラは、苦痛の日々を送っている。毎日毎日、苦しい身体をおして無理やり聖女の力を絞り出し、国民の傷を癒やし続けている。

アイラは本当につらい思いをして勤めを果たしていた。

それもこれも、姉がいなくなってからだ。

アイラはきっと、姉が自分を呪っているのだと思った。

姉には聖女の力の代わりに厄災の力がある。それでアイラを呪って、聖女の力を弱めて苦しめているのだと。

しかし、実はこんな美丈夫と結婚していたとは。

（なんなのよ、ティエラリアなんて野蛮な国に嫁いでひどい扱いを受けてると思ってたのに！）

むしろ、いい思いをしてたんじゃないか。

それなのに、自分のことを呪うだなんて、ひどすぎる。アイラは姉に憤りを覚えた。

アイラはこんなに辛い毎日を送っているのに。

ティエラリアのことはよく知らなかったが、こうして実際に訪れてみると、雪の景色はなかなかきれいだし、外は寒いけれど建物の造りはよくできていて屋内にいれば暖かいし、悪くない。

――毎日辛いお勤めをしないといけないアルノーツにいるよりも、ここでこのイケメン旦那と幸せになったほうが、間違いなく、いい暮らしじゃない？

そうと心を定めたアイラはシャルルにふわりと笑いかけ、歩み寄った。

「初めまして。アルノーツで『聖女』を務めております。第二王女、アイラと申します」

『聖女』というのを強調しながらアイラは名乗ってみせる。

シャルルも小さく笑い返してくれたのを確認し、アイラは表情を今度は曇らせてみせた。

「すでにお気づきかもしれませんが……実は姉には『聖女』の力がないのです。本当は……あたしが嫁ぐはずだったのですけど……」

アイラはシャルルの手を取る。

だが、シャルルのもう片方の手がそっとアイラの手を引き剥がした。

まあ、貞淑で誠実な方なのね、とアイラは目を細める。

「姉は、私が嫁ぐのだと譲らなくって。姉の暴挙を止められずごめんなさい。あたし、ずっと気がかりで……。それで今回、この国に来たんです」

アイラがこの国にやってきた理由は、姉がいなくなってから自分の力がめっきり弱くなってしまった真相を姉の口から説明してもらうためだったが、あえてアイラはそれを偽った。

こうなったら、姉とあたしの立場を入れ替えてしまえばいいじゃない？

　アイラはそう判断したのだった。

　姉も、聖女の力が使えないなりに、薬だのなんだのを使って実は役に立っていたようだ。それならアルノーツに戻って、本物の聖女の自分の代わりをするのも、まあ、なんとかこなせるだろう。

「本当に大変な失礼をいたしました。これからは本当の聖女であるあたしが代わります。姉は……国に帰らせますわ」

　アイラはもう一度、シャルルに手を絡めた。

　今度こそシャルルはその手を握り返した――かと思いきや、シャルルの大きな手のひらはアイラの手をぐいと引っ張り、厳しい顔でアイラを見下ろしたのだった。

「あなたは何を言っている?」

「いっ、いたっ、な、何をするのよ!」

　アイラは慌てて手を引く。

「それはアルノーツ王のご判断か?」

「え……」

「あなたの独断での発言か。であれば、受け入れられるわけがない」

「……っ」

　シャルルの鋭い目線に、アイラはたまらず目をそらし、唇を噛んだ。

「姉に力がないのは、本当です……っ。使い物にならない偽者を送り込んだこと、父に代わりあたしが謝罪いたします……っ」

「……それは君の謝罪で済むような話かな」

目を細めたシャルルに、アイラは「それは……」と言葉を濁す。

「ソニアが聖女ではないと認識しながら、彼女を嫁がせたとするのなら、それはアルノーツが我々を謀ったということに他ならないが。……君はそう主張するのか？　本気で？」

「……っ、も、申し訳ありません。ですので、あたしが……代わりに……！」

シャルルは細くため息をつき、首を横に振った。

「今のあなたの発言は全て、聞かなかったことにしよう。ひとまずここはこれで手打ちにしないか？」

「なっ……ティエラリアが求めたのは聖女でしょう⁉　姉には聖女の力はないのに！」

「君たちが彼女をどう思っているかは知らないが、我々は彼女を間違いなく聖女と考えている」

「……は？」

アイラはぽかんと目を丸くする。

シャルルのオリーブグリーンの瞳には一点の曇りもない。芯から姉を、聖女《そう》だと認識しているのだという力強い眼差し。

あの姉が？　草木を枯らし、人の肉を腐らせる、滅びの力しか持たないあの姉が？

（……どうやって取り入ったっていうのよ）

信じられず、アイラは顔を歪める。

「それに、だ。私は妻、ソニアを愛している。そのように軽く妻を乗り換えろと言われるのは不快だ」

「…………はぁ？」

ますます信じられない言葉が続き、アイラは絶句する。

――あの姉が？　愛されている？

この見たこともないような整った顔の美男子に？

「あ、あんな、ぐずったれな女を好きだなんて……ありえない……」

「……毎日共に寝ているんだ。妻以外の女性が俺の隣で寝ることなど考えられない」

「は、はあっ⁉」

愛のない政略結婚。愛されるはずもない、偽りの聖女。どうせ冷たい夫婦関係なのだろうと踏んでいたのに。毎日一緒に寝ているだなんて、とアイラは顔をひきつらせた。

シャルルは瞳を狭め、形の良い眉をひそめてアイラを見ていた。

「そういうわけだ。あなたの発言は全て聞かなかったことにしよう。さて、挨拶もできたな。わざわざ来訪いただいて申し訳ないが、妻は多忙だ。今日のところはお帰り願いたい」

「待って。あたし、お姉様に会いに来たのよ。お姉様に会えるまで帰るつもりはないわ」

「……さきほどと言っていることが違うようだが」

「そ、それはその……とにかく、お姉様に会わせていただける⁉　三分くらい時間がもらえたらいいの、二人でちょっと話がしたいの」

アイラは焦りつつも食い下がった。シャルルは目を眇める。

そのとき、窓が割れた。

「ひっ」

真っ先に声を上げたのは侍女長、マリベルだった。

「……！　鳥型の魔物、前回と同じ魔物か……？」

「や、やだ、こんなときに……っ」

聖女の力の特性で、聖女の破邪の結界を打ち破れる力を持った魔物に狙われてしまう。おそらく、聖女の力は魔物にとって脅威だから、優先的に聖女を討伐できるような習性を持っているのだろうと推測されていた。

アイラは焦る。魔物を倒す力はあまり強くなかった。

代わりに厄災の力を持った姉は魔物を倒す力だけはやたらと強かったから、普段は姉に対処を任せていた。

だが、今ここに姉はいない。

元々その頻度は高くはなかったが、姉がティエラリアに嫁いでいってから魔物の襲撃はめっきりなかったから、アイラは正直気が抜けていた。

（アルノーツは元々魔物が多いというものね！　引き寄せちゃったかしら……）

などと思いながら、アイラはやれやれとため息をつく。

（……でも、シャルル様にあたしの力を見せつけるチャンスかもね）

魔物退治はあまり得意ではないけれど、聖女の力を見せてやるか——そう気持ちを切り替えた。

しかし、魔物はなぜかアイラには目もくれず、アイラの脇をスーッと飛んでいき、部屋の扉を破壊して城の廊下に出ると、どこかを目指して飛んでいってしまった。

「……え？」

アイラがポカンとしている間に、慌ただしくシャルルは飛び去った魔物を追いかけていく。

「ちょ、ちょっと、なに⁉　ま、待ちなさいよ！」

アイラもまた、シャルルのその背を追いかけて走る。

来賓室には不幸にも二度目の魔物の襲来に鉢合わせた侍女長が一人、腰を抜かして取り残されていた。

◆　◆　◆

「——ソニア！」

魔物が目指す行き先はやはり、ソニアだった。

本当の聖女であるという妹・アイラには目もくれず、魔物はまっすぐにソニアのもとへ飛んでいった。

「あっ、シャルル様！」

魔物のクチバシはソニアの細い喉に——到達する前に、ソニアの手によって塵と消えていってしまった。

「……無事か」

「はい！　あっ、扉は壊れちゃいましたね……」

「扉なんていくらでも直せばいいんだ。すまん、君の護衛だなんて言っておいて、肝心なときにそばにいられなくて」

「と、とんでもないです！　……あ、でも、その、ごらんの通り、私は大丈夫ですから、これからは護衛任務は解いていただいても……」

「俺以外の人間も交代制で君のそばにいられるようにしようか」

「えっ」

真剣にそう提案すれば、ソニアはなぜか目を丸くして固まった。

おおかた、「自分なんかのためにそんな」と考えているのだろうが。

「……あっ！　お姉様！　こんなところにいたのね！」

そこに飛び込んできたのはソニアと同じ長い金髪の少女、アイラだった。

はあはあと肩で息をしながらも、ソニアに向かってびしりと人差し指を向けていた。

「えっ、あっ、ア、アイラ⁉」

「……くそっ。しまった、迂闊だったな……」

まさか追いかけてくるとは。来賓室からソニアがいる王族居住棟まではそれなりに距離がある。

どこかで諦めるか、途中で撒けるだろうと踏んでいたのだが、なかなかに執念深いらしい。

ソニアは会うとは思っていなかったろう妹の出現にぱちぱちと瞬きを繰り返してぼうっとしていた。

「お姉様！　一体どういうことなのよ、お姉様がいなくなってから、ろくなことが起きないわ！　あたしの聖女の力が弱まってる！　あたしのことを、厄災の力で呪っているんでしょう⁉　こんなところに嫁がされて、それで、腹いせに……！」

「ええっ？」

甲高いがなり声に戸惑うソニアの肩を引き、彼女を庇うようにシャルルはソニアを腕の中に抱いた。その様子にアイラは眉を歪める。

「……こ、こんないい男に、なんだか知らないけど、大事にされておいて！　あたしを呪う⁉　ずいぶんと性格が悪いわね、お姉様ったら！」

「えっ、えっ、その、アイラ、言っていることがサッパリ……」

「とぼける気⁉　お姉様がいなくなってから、あたしは毎日辛い思いをして治療会をやっているのよ！　本当に毎日毎日、頭は痛いし吐きそうになるし、実際血は吐くし、本当に、辛くて、散々なんだから……！」

「アイラが？　そんなこと、あるわけないのに……」

ソニアは呆然と呟く。

「そうよっ！　あたしは本当の聖女なんだからそんなはずないのに、おかしいの。絶対お姉様のせいでしょう⁉」

「そ、そうですね。アイラの力は本当にすごかったのに。おかしい……」

「……そうなのか？」

アイラの主張にコクコクと頷くソニアに、シャルルはそっと耳打ちして問う。

「は、はい。アイラの力は本物です、アイラは一日中ずっと癒やしの奇跡を使っても疲れるということはありませんでした。歴代聖女の中でも、特に強い力を持った聖女だと母はよく言っていました」

「……そうなのか。しかし、さきほどの魔物も君を狙っていたようだが」

「え？　アイラがここにいるから魔物もやってきたのでしょう？」

「違う。あの魔物は最初俺たちがいた来賓室の窓を破って城の中に入ってきた。……だが、彼女のことは目もくれず、君のもとに飛んでいった」

「……たまたまでは？」

至極真面目な顔でソニアは言う。

シャルルは静かに首を振った。そして、眉根を寄せる。

「……だが、それでいうならば……。疑問もあるんだが……。妹は間違いなく、聖女の力を使えていたんだな？」

「はい……」

「そして、君がいなくなってからどんどん力が失われていった。……これは、一体……」

「なっ、なによっ。抱き合ってコソコソ話し合って！」

「だ、抱き合ってはいませんが⁉」

「はっ。何よっ、イケメンに肩抱かれて調子に乗っちゃって！　これだから男慣れしてない女は……」

　アイラはぶつぶつとシャルルとソニアに向かって毒づく。

　シャルルはまたソニアに耳打ちした。

「……君の妹、本当に王女か？」

「は、はい。私とは違ってちゃんと王家の教育を受けてきた正真正銘の王女です！　私と違って！」

「どういう教育をしたらこうなるんだ。アルノーツ王家、すごいな……」

　あまりにも奔放すぎる。

　教育を何も受けてきていないというソニアのほうがよほど品行方正なのはなぜだろう。

「お姉様、あたしを呪っているなら今すぐその呪いを解いて！　お姉様はなんだか知らないけど、幸せそうにお過ごしなんだからいいでしょう⁉　悪趣味な呪いなんてもうやめてよ！」

「そ、そう言われても……。私、あなたのことを呪ってなんていませんから……」

「そんなこと信じられないわ、だって、お姉様がいなくなってからこうなったのよ！　どう考えてもおかしいわ！」

「おかしいというのは、そうだな。俺もその因果関係は気になるが……」

　きゃんきゃんと喚くアイラに、シャルルは同調を示す。

ソニアが呪ったから、というのは荒唐無稽でありえない話だが、しかし、ソニアがいなくなってアイラが力を失ってしまったということに、どういう説明がつくというのだろう。

「……埒《らち》があかないわね。本当に、厄災の力を使ったわけじゃないのね？」

「う、うん。私にはそんな力なんてないもの……」

「……そうね。そんな力があるならとっくにあたしたちのこと、呪ってたでしょうしね」

瞳を狭め、アイラは皮肉げに笑って見せる。

「……はあ、わかったわよ。なんだかこうしてお姉様の顔を見てたらやる気もなくなってきちゃったわ、気の抜ける顔してるのよね、お姉様」

（……意外とあっさり引くな？）

妙にすんなり諦めを見せるアイラに些かの違和感を覚えながら、シャルルは彼女を見た。

彼女は辛い毎日を送っていると訴えていたが、それに偽りはないのだろう。

来賓室で初めて目の当たりにした彼女の顔は土気色で、年若い少女のはずなのにやつれている印象だった。ティエラリアに来たばかりのソニアを少し思わせる顔つきをしていた。

（……心なしか、顔色が少し良くなったような……。いや、こんな短い間に、こんなに変わるものか？　さきほどまで城の廊下を走っていたからそれで血の巡りが良くなっただけか？）

ソニアと短い会話のやりとりをした彼女の顔には赤みが戻り、元々彼女が持っていただろう肌の瑞々しさが戻っているようにシャルルの目には見えていた。

（まさか、ソニアと対面したことで活力が……？　……それはさすがに……）

　だが、わざわざティエラリアまで乗り込んできた執念を思うと、それでいて今こうしてあっさりと帰ろうとしているのは、ソニアと会ったことで彼女の抱える身体の問題が解決したから――と考えると、納得がいく。彼女自身、そのことに自覚はなさそうだが。

「……あら、それ、お姉様が作った薬？　ちょうどいいわ！　今、切らしてしまって大変なの！　たくさんあるみたいじゃない。あたしにちょうだい」

「えっ、でも、これは……戦争の負傷者の方のためのものだから、必要なの。渡せません」

　シャルルが思案に耽っているうちに、アイラはめざとく部屋の奥の机に並ぶソニアが作った軟膏や薬の類《たぐい》に気づいたようで、ずかずかと部屋の奥まで入ってきた。

　ソニアはシャルルの腕を解き、慌ててアイラの腕を引いてアイラを止めようとする。そのことに、アイラは片眉を歪めた。

「こんなにあるんだからちょっとくらいいいでしょう？　ケチね」

「ダメなの。長い間苦しんできた人たちがいるんだから、少しでも早く助けてあげたい。今でも足りないくらいなの」

「なによっ、アルノーツで苦しんでいる人たちはいいっていうの？」

「そ、そう言われると……」

　口をもごつかせるソニア。シャルルは間に入ろうかと二人の近くに足を進めていったが、そこでソニアは目をきらめかせて口を開いた。

「あっ。そうだ！　アイラ。今、聖女の力が弱くなって困っていると話してましたよね？　だったら、アイラもこれと同じ薬を作ればいいと思うんです！」

「はっ、はあ？」

「アイラ。これはね、レシピがいいんです」

「レシピが」

おうむ返しするアイラにソニアは深く頷いてみせる。その表情は至って真面目だ。

「聖女の力がない私が作っても抜群の効果になるんだもの。きっと聖女のアイラが作ったらもっとすごい効力の薬になるんじゃないかしら」

「……ふうん、なるほど。確かにね！　ぐずのお姉様が作ってもいいお薬になっているみたいですものね、あたしが作ったなら確かにもっとすごい薬になりそう！」

「……」

シャルルはあえて口を挟まなかった。

——信じられないくらい、乗せやすいな、君の妹。そう思いながらも。

（君は乗せるつもりもなくて本心からそう言っているんだろうが……）

「しょうがないわね、今日のところは帰ってあげる。……でも、あたし、まだ完全に疑いを晴らしたわけじゃないからね」

ソニアから薬のレシピのメモを譲ってもらったアイラはそう言い残して去っていった。

妹の来訪事件があって数日後。ソニアはフェンリル厩舎にいた。

「……シリウス、目が見えないのは不便じゃない？」

ソニアは丸くなって寝ているシリウスの伏せられたままの目をそっと手のひらで覆う。

シリウスはぶすーっと鼻を鳴らし、「問題ない」とソニアに意を伝える。

「わっ、い、痛くない？」

そして、ソニアがかざした手のひらに瞼を押し付けるように擦り付けた。

シリウスはむしろ気持ちいいのだとでも言うかのようにグルル、と甘えた鳴き声を出す。

「わわっ」

そうこうしていると、ソニアの腰の辺りを誰かがつついた。

シリウスの妻、そしてシャルルの相棒のメスフェンリル・ラァラだ。

「やきもち？」

ラァラは静かに首を振る。

ラァラは嫉妬深いと聞いているが、これくらいは構わないようだ。

彼女の傍らにはまだ小さなフェンリルがいた。子どもが三匹いるラァラの、末の娘だ。

「ディアナもいたんですね？」

返事代わりにディアナはソニアの胸に飛びついてきた。小さくてもさすがはフェンリル《魔物》、身体能力はとてつもなく高い。まだ遊びたい盛りらしく、ソニアが厩舎を訪れたときにはよく遊び相手になっていた。

ディアナを抱き抱えてやると、ベロベロと顔を舐められる。ざらついた小さな舌の感触がたまらなくかわいらしい。子フェンリルは大人に比べると体毛も柔らかく、感触も見た目もふかふかころころとしていて、大変愛らしい。

（こんなにかわいい子どもたちのことも、シリウスは自分の目で見ることは叶わない。……かわいそうに）

ソニアの作る薬の類はよく効く――けれど、万能ではない。もうすでに失われてしまった機能を呼び戻すことはさすがにできない。

仕方のないことはわかっていても、ソニアはかつて病に苦しめられたシリウスのことを想い、胸が痛んだ。

その間にも、ディアナはジタバタとしてソニアの手から離れていき、今度は足元をグルグルと回り出した。目が回らないか心配になるほど素早く、ずっとグルグルとしている。

「すごい元気だからお母さんも大変でしょう」

ララにそう言うと、ララは少し間を置いてからぐう、と喉を鳴らした。それから首を横に振る仕草を見ていると、その表情は人間だったなら苦笑しているような気がした。

「子育ては三回目ですものね。……え？　違う？　……四回目、って、まさか一回目はシャルル様？」

聞くと、ラァラは頷いてみせた。なんだか少し誇らしげに。

「……ふふ、そうなんですね。シャルル様も昔はやんちゃだったの？」

またもラァラは頷いて見せる。小さなときのシャルルを想像して、微笑ましくてついソニアは頬が緩んだ。きっと、とてもかわいい男の子だったことだろう。

「ラァラは本当にシャルル様にとってのお姉さんだったんですね……」

「——……なんだ？　俺の話をしていたのか」

「ひえっ、シャ、シャルルさまっ⁉」

突如背後から声をかけられ、ソニアはびくつく。

フェンリル厩舎の中に設けられたフェンリル騎士団の執務室にいたはずのシャルルだ。

目をぱちくりとさせているソニアにシャルルはニコ、と笑いかける。

「フェンリル騎士団の定例会議は終わったよ。待たせてすまないな」

会議が終わるまで護衛を離れてしまうから、ここフェンリル厩舎の中で待っていてほしいと言われていたのだ。

ラァラとディアナの毛皮をもふりながらソニアは首を横に振る。

「とんでもないです！　……あの、再三申し上げておりますが、私の護衛はなくても……」

「俺も何度も言っているけど、俺は君のそばにいるべきだと思うよ」

「……はい」

この押し問答にソニアは勝てる気がしなかった。

必要ない、と思うのだが、シャルルの圧が強すぎる。

シャルルはラァラの頭を撫でながら、ぽつりと呟くように言った。

「なあ。ところで君は、フェンリルの話すことがわかるのか？」

「まさか！　私がわかっているわけじゃなくて、みんながとっても賢いんです。私が聞いたらちゃんと頷いたり、首を振ったりしてくれるんです」

「はは、そうか。君ならフェンリルの言葉がわかっても不思議じゃないけどね」

「……私、そんな力はありませんよ」

「ああ。なんでもかんでも聖女ならそういう力もあるはず、とは思っていないよ」

シャルルはそう言うと目を細めた。

こういう眼差しで見られると、なんとも気恥ずかしい気持ちになる。ソニアはわずかに目を逸らして俯いた。

「あの……私、本当に聖女じゃ」

「この間の魔物だって君を狙っていたじゃないか」

「いえ、あのときはアイラが来ていたから……」

「俺はアレは君を狙っていたと思うけどな」

シャルルは今度は苦笑を浮かべる。

「しかし、こう何度も魔物が君のところにやってくるというのは困りものだが……」

首を捻るシャルルに、ソニアは慌てて頭を下げた。

「もももも申し訳ございません！　私、今日から一人、外で……小屋で寝ます！」

自分は聖女ではないから魔物は来ないと思うのだが、しかし、迷惑をかけ通しなのは良くない。すでに魔物の襲撃によって城の窓を二回も割ってしまった。遠い国には『三度目の正直』という言葉もあると聞く。いままでは最小限の被害に留まっていたけれど、次同じことがあったとき、何が起きるかわからない。

（そろそろ……暖かくなってきましたし！　小屋暮らしでもいけそうな気がします！）

気合いを入れて拳を固めるソニアにシャルルはわずかに眉根を寄せる。

「どうして君はそうやっていつも考えを飛躍させるんだ？」

「じ、実際ご迷惑をおかけしていますし……」

「まあ、その辺りはおいおい考えていこう。君一人をへんぴな場所に追いやる気はないよ」

「シャルル様……」

ソニアを見つめるシャルルの瞳が愛おしげであることにソニアも気づき、ソニアはまた顔を俯かせた。

「本当はすぐにでも対策を考えたいところだが……。これから少し慌ただしくなるかもしれない」

「？　どうかされたのですか？」

ややあって、シャルルは重々しげに声を響かせた。

「ティエラリア王国の南東部……アルノーツとの国境近くに古い集落がある。そこはティエラリア王国には属さず、独自の文化と伝統を大事にして暮らしている地域なのだが……」

「は、はい」

「集落近くの雪山が雪崩を起こすとフェンリルたちが予期して訴えている。避難を促さないといけないんだが……難航しそうなんだ」

シャルルは静かに語り出す。

ティエラリア王国は国としての歴史はまだ浅い王国だ。

魔物の数が多く、雪が降り積もる大地は人が生きるには厳しい環境で、現在のティエラリア王国領土の各地に散らばる形で、かつていくつかの小さな集落があり、人々はそれらの集落で細々と暮らしていた。

人々の共通項は、人の暮らしに寄り添ってくれた魔物・フェンリルの神を信仰していたこと。

あるときのこと。ある一つの集落の民が各地の集落に呼びかけ、協力して生活し合うようになり、それがティエラリア王国の母体となった。

だが、ティエラリア王国の設立をよしとしない民たちがいた。

それが『大地の民』だ。

大地の民の集落はティエラリア王国の領地内にありながら、王国政権から完全に独立している存在だった。

「その大地の民が暮らす集落が、もしかしたら雪崩で完全に潰されてしまうかもしれないんだ」

「そ、そんな……」

「フェンリルたちは不思議と山で何が起こるかを予期できる。フェンリルたちは雪崩を予期した、具体的な時期こそハッキリしないが、一ヶ月もしないうちに必ず雪崩は起きてしまう」

　シャルルは浅く首を横に振る。

「今、避難を促していて……。集落に住まう民のほとんどは王都に招けた。だが、集落の長老だけはどうしても集落を離れたがらなくて。……ティエラリア王国への反発心も強いんだろう」

　ソニアはまだティエラリア王国の歴史に明るくはない。

　だが、設立当時から自分たちの文化を大事にし、王国に属することを拒んだ民たちの誇りを想像することはできた。

「彼らはティエラリア王国の国民というわけではない。その土地の民としての意思は尊重してやりたい気持ちはあるんだが……わかっている危機をそのまま見過ごすのも、心苦しいものがある。今日もフェンリル騎士団のみんなで話し合ったんだが……」

　これだという策はついぞ出なかった、とシャルルはため息をついた。

「そうなのですね……」

「次の交渉が最後だな。……それでも拒否されたのなら、俺たちも、これは自然のなりゆきと見守るほかない」

　ソニアはシャルルの切なげな表情を見て、胸がずきりと痛んだ。

　集落の長老、彼には自分の生命以上に大事なものがあるのだろう。

　ソニアには想像もつかないほど、己の生まれ育った文化と大地に大きな愛着があるのであろう彼の胸中を思い、ソニアもシャルルと同じように切ない気持ちになった。

「最後の交渉はどなたが……」

「俺が行くつもりだ」

　では、とソニアはしっかりとシャルルの目を見ながら切り出す。

「シャルル様。私も……最後の交渉に一緒に行ってもいいですか？」

「ソニア」

「私が何かできるわけではないですが……。もしも私の一言がきっかけとなるならそれ以上のことはありませんし、もし何も変わらなくても、大地の民として生き抜いた彼の最期を見た一人となりたいです」

「……そうか。君のその考え方、俺は好きだよ」

　シャルルは表情を和らげ、ソニアを見つめた。

　そして、ソニアの頭を優しく撫でる。

「ど、どうして撫でられているんでしょう」

「すまん、なんだか無性に愛おしくなって」

「……なぜ……？」

「君は元々優しい人だと思うけど、君の口から『提案』が聞けたのが俺は嬉しいよ」

　傍らにいたフェンリルたちはウゥーと甲高い細い鳴き声をあげた。

後日、シャルルとソニアはフェンリルのシリウスとラァラに乗り、集落を目指した。二人の他、数名のフェンリル騎士団員も同行している。

大地の民の集落は王都からは離れていて、フェンリルの足で三日ほどの距離があった。

ティエラリアの王都よりも、むしろアルノーツ国の国境のほうが距離は近い。

シャルルはこの辺りはアルノーツ国の加護の恩恵があるのか、国内でも魔物が少ない地域だとソニアに語った。

「……大地の民には独自の『聖女信仰』があると聞く。だから、もしかしたら君の言葉なら響くものがあるかもしれない」

「せ、せいじょしんこう⁉」

「山の向こう……つまりはアルノーツだが、山の向こうの乙女が自分たちを守ってくれているのだ、という言い伝えがあるとか。はるか昔には君の国と彼らの間に良い交流があったのかもな」

「そ、そうなのでしょうか……。……とはいえ、私は聖女ではなくてむしろ偽者として送り込まれた女ですので、かえって神経を逆撫でしてしまうかもしれませんが……」

あくまでシャルルに付き従っていた一般女性であるという体でいこうとソニアは心に決めた。

（……寒いし、道中に危険があるかもと今は聖女服を着せていただいていますが、長老とお話しするときにはこれは脱いで……）

「君を利用するみたいなのは気が引けるが……」

思案するソニアの耳に、シャルルの低い声が届く。びくりとソニアは肩を揺らした。

「彼の説得のために藁にもすがりたいところだ。君がその装いで訪れるだけでも、きっと我々のことを意識してくれると思う。協力してくれるか？」

ソニアは「う」と息を詰まらせた。シャルルの誠実さに溢れた瞳が自分を見つめている。ソニアはそれに抗う術を持たなかった。

「……わかりました。私、脱ぎません！　頑張ります！」

「ぬ、脱ぐ？」

腹をくくってそう宣言すれば、シャルルはなにやらきょとんとしていた。

「あ、ああの、そのような意味ではなくですね、こう……」

何かあらぬ誤解を与えたかもしれないと慌てて手元で何かを捏ねるような動作をするソニアだったが、シャルルは「ああ」と苦笑して、優しい眼差しでソニアを見やった。

「いつもの言葉足らずのアレだな？　なるほど、その服を着てたら長老を騙すようなことになるとでも考えていたのか？」

「そ、その通りです……」

「君に重荷を感じさせるのは申し訳ないけど……君がその服を着ていることで、彼を騙すことになる、なんてことはない。大丈夫だよ」

「……シャルル様……」

ソニアへの信頼感に溢れたシャルルの笑みに、ソニアは罪悪感とは違う何かが胸をチクリと刺す感覚がした。顔を俯かせつつも、ラァラの手綱を握る手に、知らず力がこもった。

数日間の行程を経て、たどり着いた集落。すでにほとんどの住民は避難を終えて、今は避難を拒否している長老の一家がまだ残っているのみだ。

「……今日、長老がよい返事をしなければ家族だけでも連れて行く予定だ」

「……はい」

重々しいシャルルの声に、ソニアも静かに頷いた。

集落はさほど大きな規模ではない。長老の家は集落の中心に建てられていた。

シャルルたちを迎えたのは長老家族の息子夫妻らだった。

「父はこちらに。……我々家族が訴えても、父は……」

「……ありがとうございます。あとは、我々が……」

長老の息子は首を振り、悔しげに顔を歪ませていた。シャルルは彼の案内で、長老が控える部屋に入った。

大地の民、その長・ウロボスは齢八十を超える男だった。

ウロボスの顔じゅうには深いしわが刻まれ、瞼は重く垂れ下がっていたが、その眼光は鋭く、シャルルとソニアへの警戒心をあらわにしていた。

「……ここは雪崩で潰されてしまうかもしれない。今このときだけでいいんだ、王都に避難していただきたい。その後の復興作業はもちろん手伝う」

「……避難？　手伝う？　何を言う。オレはこの大地で生まれ育ってきた。自然に抗ってまで生きながらえていたい生命ではない。雪崩で集落と共に死ぬならオレはそれが本望だ」

シャルルの説得をウロボスはハナから聞く気がないという様子だった。

「あなた以外の大地の民は、みな避難することを選んだ。あなただけなんだ、みんなも、あなたがこのまま生命の危機に晒されていることを心配している」

「ここが雪崩で潰れるというのなら、それはこれがこの集落の運命だ。再興する？　……ハッ、笑わせる。みな、貴様らが作った国ティエラリアに憧れている。もう一度同じように家を建てたところでもうそれは大地の民の集落ではない。次に家が建ち、避難した民がここに住んだら、ここはティエラリア王国になっているんだろう？」

「我々はあなたたちの意思を尊重する。あなたたちの集落をティエラリア王国として再建しようとは思っていない。ティエラリア王国での保護を拒むのならば、なにも避難先は王都でなくてもいいんだ、とにかくここではないどこかへ逃げて命を繋いでほしい」

「……オレはここで大地の民として死にたいんだ。放っておいてくれ、ほら、わかったならさっさとオレの家族たちを連れて国に帰りな」

ウロボスは頑なで、一度もシャルルの顔をろくに見ないまま背を向けてしまった。

「あ、あの」

ウロボスの丸い背にソニアは声をかける。

ウロボスの反応はない。

ソニアは胸の前で拳を固め、一歩近寄り、口を開いた。

「長老様。あなたがどれほどこの土地を愛していらっしゃるか、私には想像してもし尽くせぬほどかと存じます。あなたが亡くなれば、この土地に宿る神も悲しまれるでしょう。大地の民の伝統と意思を後に伝えるためにも、見えている脅威からは逃げるべきだと……」

「……アンタ、このへんじゃ見かけない髪色だな。アルノーツの生まれか」

「は、はい」

ウロボスは振り向かないまま低い声で言った。

「王弟がアルノーツから花嫁を迎えたそうだな。……ってことは、アンタが『聖女』か」

「あっ、いえ、それは、その、色々とありまして」

「……ソニア。君の頷きがたい気持ちはわかるが、ここはひとまず『はい』と言っておけ」

「は、はい」

慌てて首を振るソニアだったが、シャルルに促され、据わりが悪いと思いつつも、『聖女』ということを肯定した。

ウロボスは首だけ後ろに向け、細めた目でソニアを一瞥し、皮肉げに口角をあげた。

「『聖女』様らしくご立派なこと言うじゃねえか。ご大層な服まで着て。さっきも言ったろ、オレはこの集落が雪崩で潰れるのは運命だと思ってる。こんな小さな集落で生きていくなんてジリ貧だ、終わらせるのにいい機会なんだよ」

「……終わらせる……」

「だが、オレは終わった後に生まれ変わったこの集落の姿を見たくねえんだ。この集落と共に死にたい。そう言ってんだよ」

「……ティエラリアに属してほしいとは考えていない。まずは自分の生命を優先してほしい。大地の民としてこの土地が続いていくことを我々は応援する」

シャルルは落ち着いた声音でそう伝えるが、しかし、ウロボスはハッ、と嘲笑う。

「アンタがどう思ってようが、もう無理なんだよ。もうこの集落のままではいられねえ」

しわがれた声でウロボスは吐き捨てる。

(……集落の限界。それは雪崩で潰されるから、ではなくて……もう時代的に独立した集落ではいられないという意味……。でも、その先の姿を、この人は見たくない。……それくらいなら、自然のなりゆきに任せて、集落と共に死にたい。そういうことだわ)

シャルルとソニアは二人揃って口を噤む。

この人にかけてやる言葉はこれ以上は浮かんでこなかった。

しかし、このとき、静まり返る部屋の中に似つかわしくないバン！　という音が響いた。勢いよく横開きの扉が開かれる。

あのウロボスすらも思わず扉を振り返っていた。

そこには、ウロボスの幼いひ孫がいた。

「――じいちゃんのバカ！」

目には大粒の涙を浮かべ、真っ赤な顔で唇を噛み締めている。

ずっと近くにいてやりとりを聞いていたのだろうか。

「バカ、じいちゃんのバカ！　いいじゃねえか、伝統だの信仰だの、なんか、よくわかんねえそんなの！　おれたちはずっとティエラリア王国から支援を受けてただろ！　おれが今着ている服だって、ティエラリア王国から送られてきた服だぞ！」

「……フン」

「今よりいい暮らしになることの何がわるいんだよ……！　ちゃんと逃げて、もっと長生きしようよ……」

「お前らにまでオレの矜持を押し付ける気はない。お前たちは好きにしろ、オレが死んだあとに、この集落もティエラリア王国の一部になって、いい暮らしをすればいい」

「ちげーよ、そういうこと言いたいんじゃねえよ、逃げればいいのになんで逃げないんだよ。生きてまた帰って来ればいいじゃねえか、そこのえらいひとだって、別にティエラリアにならなくてもいいって言ってんのに、なんで……」

「……」

ウロボスは答えず、深いため息をついた。

「……おい、コイツらは今日王都に連れてくんだろ？　とっとと連れてってくれ」

「！　じいちゃん……」

シャルルとソニアはなんとも言い難い気持ちを抱えながら、ウロボスの言葉に従い、幼い彼を宥めながら長老の家を後にするのだった。

フェンリル騎士団が待機している場所まで長老の家族を連れ立って戻ってきたソニアとシャルルは揃って項垂れた。

　ぽつりと、ソニアは俯きながら呟いてしまう。

「……なにも、響きませんでしたね」

「そうだな。……彼がここに残りたがる理由は……雪崩よりも、もっと根深い。もう少し、俺たちが彼らといい交流ができていれば……」

「……そんなことないよ、あんなこと言ってるの、じいちゃんだけだもん。他のみんなは、ティエラリア王国のこと、好きだよ……」

「……そうか」

　シャルルは村長のひ孫の頭を撫でた。

ともすれば、ティエラリア王国に信頼を寄せる集落の住人たちを見ていたことで、彼はさきほど話していたような思いを抱えるようになったのかもしれない。

　シャルルはつい眉間にしわが寄った。

「おれ、わかんないよ。なんで国がどうとか、集落がどうとかこだわるの？　おれたちの生活ってそんなに変わる？　おれ、集落のことは好きだけど、みんなが生きてるなら別に集落の名前が変わったってなんだっていいよ」

「そうだな……。俺も君と同じようなことを思うけど、おじいさんが大切にしているものはちょっと違うのかもな」

「……わかんないよ、みんなで生きてたら、それでいいのに……」

　少年はそう言うと、膝を抱えて座り込んでしまった。

「……シャルル様。いつ出発いたしましょう」

「ああ。そうだな、荷物の確認をしたら、もう、出ようか」

　シャルルの指示を仰ぎにきたフェンリル騎士団員は「はっ」と威勢のいい声と共に敬礼すると、周囲の団員と協力し動き始めた。

　もう行ってしまうのか、と物悲しさを感じつつ、ソニアは集落を眺める。

　もう長老以外の人間はいない集落。風がいつもよりも冷たく感じられた。

（最近は、暖かい日も増えてきたのに……）

　近くにいたフェンリルたちも、ソニアの気持ちに呼応するかのようにウゥーと遠吠えをしていた。

　――いや、違う。

　一度や二度ではない。明らかにおかしい頻度でフェンリルたちは鳴いていた。

　ララとシリウスはシャルルに向かって、「バウ！」と険しい声で大きく吠える。

「ララ、シリウス、これは……」

「……――シャルル様！　大変です！」

「！　どうした!?」

ラァラたちに問いただす前に、騎士団員が走ってやってきた。

「あちらの方角の雪山から……魔物の群れが！」

団員が指指す方角をバッと振り向くと、雪山に黒い影がうっすらと目視できた。

「……雪崩を予期した魔物たちが下りてきたのか……!?」

ギリ、とシャルルは歯を食いしばる。

「いますぐ長老家族たちを連れて出発してくれ！　俺はここに残って魔物を食い止める！」

シャルルは素早く決断し、団員らに指示を出す。団員は困惑で目を見開いてシャルルを見た。

「シャルル様お一人を残して……!?」

「俺一人じゃない、ラァラもだ。ここにはまだ長老も残っている。……彼を捨て置けない」

この言葉に長老のひ孫がハッと息を呑んだ。

彼はそのまま団員によって連れて行かれてしまったが、抱き抱えられながらずっとシャルルを見つめ続けていた。

ソニアはシャルルに駆け寄り、顔を見上げる。

「シャルル様……！　それなら、私も……！」

「ソニア、君の力は知っている。……だけど、君は先に行ってくれ」

「……いいえ」

ソニアは首を横に振る。

眉をあげ、真剣な表情でシャルルを見つめ、言葉を続けた。

「シャルル様。お願いです、私のことを『聖女』と思ってくださっているのなら……私にも手伝わせてください」

「……ソニア」

　シャルルの目が見開かれる。

　吸い込まれそうなほど美しいオリーブグリーンの目に見据えられ、ソニアはたじろぎそうになるが、懸命に瞳を見つめ返した。

　やがてシャルルは苦笑を浮かべ、表情を緩めた。

「君がそんな言い方をするなんてな」

「うっ、す、すみません。あ、あの、そうです、ごめんなさい、嘘を言いました……」

「いや、違うよ。……嘘のつもりでも、君がそういうふうに言えるようになってよかったな、と思っただけだよ」

「ええっ」

　ずるい言い方をした自覚のあるソニアはバツの悪さから俯いたが、シャルルから返ってきた言葉は予想とは違うものだった。

　シャルルは目を細めて言う。

「ティエラリアで過ごした日々が、君にとっても有益なものであったのなら、俺は嬉しい」

「シャ、シャルル様……」

「君が作ってくれた薬で戦の傷を癒やした人々はみんな、君を『聖女』だと言っているよ。君の耳にだって、届いているだろう」

ソニアは小さく頷く。

全ての人に手ずから、というわけにはいかないが、ソニア自ら薬を手渡せたときに、ソニアの目を見てはっきりとそう言ってくれる人も少なくなかった。

そして、そう言ってくれる人に対して、「私は聖女ではありません」とは言い難かった。

けれど、そのときに感じた気持ちは聖女を偽っている罪悪感だけではなく、『感謝されていること』への嬉しさも、確かにあった。

(私は聖女じゃないけれど……私にできることで、人のために何かができているのなら、それはとても嬉しい)

だから、少しだけ、『前向きな嘘』ならついてもいいのかなと、ソニアは思えるようになってきていた。

自分は聖女ではない。

そのことがバレたら、磔で処されるかもしれないけれど——その日を迎えるまでは。

まがいものの自分でも、何かの力になれるなら、自分が許せる範囲でその名《聖女》を騙っても、よいだろうか、と。

さきほどの、シャルルがソニアを聖女だと勘違いしていることを利用しようとしたずるい発言は、それで出てきた言葉だった。

(……なのに、なんでシャルル様は『嘘』とわかっていて嬉しそうなんでしょう……?)

怪訝に思うソニアだったが、シャルルは小さく笑うと、ソニアに手を差し出してくれていた。共に、ここに残って戦おうと、考えを改めてくれたのだ。

「わかった。一緒に……彼を、長老を守ろう。ソニア」

「……はい！」

ソニアはいつになく大きな声で返事をし、シャルルの手のひらを強く握った。

シャルルとソニア、そしてフェンリルのラァラとシリウスはここに残ることになった。

シリウスは目が見えないので騎士団と一緒に行動しようとシャルルは勧めたが、シリウスが残りたいという意志を示した。

目は見えないが、鼻は利く。混戦にならなければ戦闘も可能だろう、という判断になり、一番交戦の機会が少ないはずの村長ウロボスの護衛につける方向に決まった。

さきほど退散したばかりの村長の家に戻ると、ウロボスはシャルルたちの姿を認め、驚いた顔をし、しかしすぐに険しい表情を作った。

「……貴様ら、どうした？　オレの家族たちを連れてこの集落を出て行ったんじゃ……」

「事情が変わった。雪山から魔物の群れがこの集落に向けて下りてきた！　あなたの身が危ない。俺たちはあなたを守りにきた」

「……は？」

シャルルの言葉に、ウロボスは眉間のしわをますます深くさせた。

しばらく言われた言葉の意味を考えるそぶりを見せた後、ウロボスは皮肉げに口を歪ませる。

「何を世迷いごとを。放っておいても死ぬ老人を？」

「ああ、あなたが雪崩でこの集落と共に生命《いのち》を全うせんとしていることは知っている。だが、それと魔物に蹂躙《じゅうりん》されて生命を失うことは全く別だろう」

「同じことだ、どうせ死ぬもののためにそんな労力を割いて……」

「あなたの言う通り、雪崩は自然のものだ。だが、そのあなたの矜持が魔物によって奪われることは俺にとっては許しがたい」

「……」

ウロボスは表情を変えず、じっとシャルルを見つめていた。

「……馬鹿なことを……」

「あなたの護衛としてこのフェンリル……シリウスをそばに置かせてくれ。俺たちは外でこの家に魔物が寄り付かないように戦う。しばらく騒がしくしてしまうが、勘弁してくれ」

ウロボスの返事はない。シリウスは静かにウロボスの傍らに寄り添い、尻尾をウロボスの足に絡めた。

シャルルとソニアはラァラを連れ立って、家の外に出た。

魔物はまだ集落には到達していないが、もうまもなく山から下りてやってくるだろう。

「ソニア。君はその力、どれほど把握している？」

「魔物をやっつける力……ですか？」

「ああ、連続して使えるのかとか、一度にどれほどの魔物を殲滅できるのかとか」

「……アルノーツにいたころは、たいていやってきた一匹の魔物をやっつけるばかりでしたから……すみません、わかりません……」

「そうか、それならやはり、君の力に頼りきりとはいかないな」

　シャルルは口角をあげて笑って見せながら、ラァラの背に積んでいた大槍を手に持ち、グルリと回す。

「だが、いままでの君が魔物を倒すところを見るに、俺よりも君のほうが魔物一体を殺すのは早いだろう。俺とラァラは君のサポートに回る。君の力の全貌がわからない以上、君も自分の力を過信するな。おかしい、うまくいかないことがあったらすぐに教えてくれ。もう戦えないと思ったらすぐに逃げ出してもいい」

「は、はい！」

「さっきはああ言ったが……君の手助けを得られるのは正直助かる。一緒に頑張ろう、ソニア」

「……はい！」

　こんな状況ではあるが、『一緒に頑張ろう』の一言が嬉しくて、ソニアはとびきり大きな声ではっきりと返事をした。

　まもなくして、地響きのように獣の足音が聞こえてきた。雪山から降りてくる魔物の群れ。その数は途方もなく多かった。

「……こんなことは久しぶりだな。君がティエラリアに来てから、現れる魔物の数は減っていたから……」

　ぽつりとシャルルが呟く。

「ここは君が暮らす王都からは離れている。もしかしたら、王都周りの魔物で君の力を恐れた魔物はこの集落近くの雪山にまで逃げていっていたのかもな」

「……この集落は、アルノーツの力の恩恵があるとさきほどお話しされていましたが……」

「ああ。でも、今アルノーツにいる聖女は……なぜか力を失いつつある君の妹だけだろう？」

「――アイラは、間違いなく聖女のはずですが」

「その辺りの考察はまたおいおいだな、今はとりあえず、目の前の脅威だ」

　ソニアはなんとも言えない気持ちを噛み潰す。

　妹は紛れもない真なる聖女。今もアルノーツに聖女の加護を与えているはず――。

（だけど、もしも……アイラが、本当に聖女の力を失いつつあったとしたら……）

――魔物のいない国・アルノーツに魔物の群れが襲来し、そして定着する恐れもあるのでは？

　ふと頭をよぎった想像にソニアは一人息を呑む。

　だが、そんなことはないはず。アイラは真なる聖女だ。ソニアはずっとそばでアイラの力を見てきた。

（シャルル様のおっしゃる通り、今は、目の前の脅威に集中しなくちゃ……！）

　ソニアは頭を振って、しっかりと目を開き、魔物の群れを見据えた。

狼型の魔物、ハウンドドッグ。猪型の魔物、雪豚《スノーピッグ》。この二種の魔物がほとんどだった。

ソニアは手をかざし、いつものように魔物を消し去ろうと力を込める。

「……シャルル様！　ごめんなさい、さすがにこの量だと、一度に倒しきれないようです！」

「ああ！　そうだろうな、そこまで万能じゃ都合良すぎだ！」

ソニアが消しきれなかった魔物を大槍で薙ぎ飛ばしながらシャルルは頷いた。

「連続して力は使えそうか？」

「はっ、はい……っ」

集中し直し、もう一度力を使う。

使えたが、さきほどよりも消される魔物の数は目に見えて減っていた。

「すっ、すみません、出力は落ちています！」

「わかった。無理はするな！」

ララが地獄の底から響くような声で吠えると、魔物たちの足は止まり、その隙をついてシャルルの槍が魔物を薙いだ。

魔物たちと距離があるうちにもう一度力を使おうとソニアは深呼吸をし、再び集中し始める。

魔物の群れに手をかざし、そして力を放出する。

出力は落ちている。が、まだ力自体は使えそうだ。

（……あと、二、三回、力を使えば群れの大部分はどうにかできそう……！）

ソニアは力を使うことに集中しようと心を定めた。ソニアがとりこぼして、近づいてきた魔物たちはシャルルとラァラに任せよう。

シャルルとラァラは戦い慣れているだけあって、無駄のない動きで魔物たちを牽制していた。

こんなふうに連続して魔物をやっつけるための力を使ったことはないけれど、二人がいてくれることでソニアの胸が不安で満たされてしまうことはけしてなかった。

もう一度、力を使い、群れの三分の一を消す。さらに出力は落ちていたが、回数を重ねればなんとかなる。

冷たい息を吸い、頭を冷やしてもう一度ソニアは力を使う。三分の二。

あともう少し、あともう一度力を使えば。

ソニアは完全に目の前の群れに集中しきっていた。

それはシャルルも同じだった。そうでなければ魔物の牙がソニアに届きそうなほど、群れはすでに近づいてきていた。

――魔物の群れとは別の脅威に気づいているのは、嗅覚に優れたフェンリル、ラァラのみだった。


「ガウッ！」

ソニアが最後の一回、魔物の群れを消し去るために力を使ったのと、獣の甲高い悲鳴と肉の裂ける音が響いたのは、ほぼ同時だった。

「――ラァラ！」

反応したのはシャルルのほうが早かった。

ソニアは自身に降りかかった生ぬるい血飛沫を、数秒ののちにようやく認識した。

「……ラァラ……!?」

ソニアは目を見開き、息を呑む。

白銀の美しい毛皮は真紅に濡れていた。大きな体躯の真ん中には穴が空いていた。

その間にもシャルルはラァラの身体を貫いた牙を持つ魔物と大槍で交戦していた。

ラァラは音もなく雪の中に沈むように横たわる。真っ白な雪が赤く染まっていった。

シャルルの槍は幾度となく、魔物の身体を刺し、穂先の刃で肉を薙いだ。

さきほどまで対峙していた群れの魔物たちよりも身体の大きな魔物だった。

モグラが土の中に潜るかのように雪の中に潜み、そしてターゲットに狙いを定めて襲いかかってきたらしい。

この魔物も雪山を下りてきた魔物たちと同じように雪崩の危機を予測したのか、それとも。

（……私が呼んでしまった魔物……？）

ソニアはそうとは思っていなかったけれど、シャルルは「君が聖女で、魔物たちは君を狙って訪れていると思う」と再三言っていた。

もしも、そうであるのならば。

最悪のタイミングで自分は魔物を引き寄せて、そして、ラァラを自分の身代わりにしてしまったのではないか。

「……！」

あまりのことに頭が真っ白になる中、ソニアはシャルルが対峙している魔物――ラァラを傷つけた魔物――に向けて力を使った。

魔物は低い唸り声を上げながら、塵となり消えていく。

あっけない。

それなのに、自分はみすみす襲われそうになって、ラァラにこんなひどい傷を負わせてしまったのか、とソニアはますます頭が重くなった。

「……ありがとう、ソニア」

「……いえ……」

魔物の群れを全て片したことにお礼を言うシャルルに震え声で答えながら、ソニアはしゃがみこみ、横たわるラァラの身体に触れる。

雪の中に沈んだ身体はすでに冷たくなっていた。かろうじてまだ息をしている。だが、もう目も開かないらしく、ラァラは眠るように瞳を伏せていた。

（傷薬なんかじゃ、治せない）

ラァラの腹には比喩ではなく、完全に穴が空いていた。

こんな傷に軟膏を塗ったところでなんになる。

「……ラァラ……」

シャルルもまたソニアと同じようにしゃがみこみ、ラァラの白銀の毛を撫でた。

眉根を寄せた厳しい表情で数度背を撫で、シャルルはきつく目を瞑る。

歯軋りの音をさせたのち、シャルルは顔を上げ、まっすぐ正面からソニアの顔を見つめた。

「――ソニア。君の癒やしの力を使ってくれ」

シャルルの言葉に、ソニアは目を見開く。

シャルルのオリーブグリーンの大きな瞳は真剣そのものだった。

その瞳を見つめながら、ソニアはふるふると首を横に振る。

「わ、私、無理です。できません」

「頼む。君の力を使ってくれ」

「だって……！　私の力を使ったら、本当に、死んでしまう！」

ソニアは耳を押さえ、わあっと泣き喚いた。

かつての記憶はこんなときにも鮮明に蘇ってくる。

ソニアが癒やしの力を使ったことで、人の腕を一本奪ってしまったあの日のことを。

「……っ」

子どものように泣くソニアの肩を、シャルルの大きな手のひらが力強く掴んだ。

「君が力を使わなくても、彼女は死ぬ！」

「！」

シャルルの叫びにソニアはハッとして顔をあげた。

「頼む、君がどれほど、自分の力を使うことを恐れているのかはわかっている。自分がどんなひどい願い事をしているかもわかっている！　だが、ここで何もしなくても彼女は死ぬんだ！」

「わ、私……」

だくだくと血を流し、横たわる白銀の毛並みのフェンリルをソニアは赤くなった目で見やった。

「君がこれからすることで……君が一生、罪の意識と心に傷を負ったとしたら、俺を一生憎んでくれ。俺も君の悲しみと嘆きを抱き続けて生きていく！」

「シャルル様……」

「俺は、ラァラを救えるのは君しかいないと思っている。君の力は――ラァラを救える！」

「……！」

シャルルの叫びにソニアの心臓はドッと音をあげた。

頭からサッと血の気が引いていく。血液の流れていく感覚が寒気を増させた。

だが、しかし、ソニアは胸の前でグッと拳を握りしめ、シャルルを見上げた。

「わかりました。私、やります……『聖女』の力を、使います」

シャルルの瞳が見開かれ、そしてソニアはシャルルのたくましい腕に抱きしめられた。

「ありがとう、ソニア……」

抱きしめられたままソニアはシャルルの上着をぎゅっと握りしめ、それからラァラに対峙した。

（……どうか、この傷ついた心優しく勇敢な狼を、どうかお救いください……！）

両手を組んで、祈りを捧げる。

胸から熱いものが込み上げてくる。

ソニアはラァラの風穴の空いた腹に手をあて、その力を注ぎ込んだ。手のひらがまばゆく光り、そしてラァラは白い光に包まれる。

ドクドクと、ソニアの脳と心臓が音を立てていた。

湧き上がる力を傷ついた狼に注ぎ込み続けた。

かつて、この癒やしの力を使ってソニアは一人の人間の腕を破壊した。

『厄災』の奇跡を持って生まれた、聖女のなり損ないだと烙印を押された。

人の腕のひとつを壊してしまったことをソニアは一日たりとて忘れたことはなかった。何気ない瞬間に、いつだって思い出す。あの日の叫び、肉の腐る臭い、皮膚がちぎれる音、殺意に満ちた瞳、失望。それらは常にソニアをぐるりと覆い囲んでいた。

（お願い、私に流れるアルノーツの血よ。私の大切な友人をこの世に繋ぎとめさせて）

ソニアは瞬きをすることも忘れ、ただただ己が発する光の瞬きを睨むように見つめる。

じゅうとまるでお湯が沸騰したときのような音がし、肉が焦げるような臭いがした。

かつての記憶がフラッシュバックしたが、しかし、ソニアは目の前の光景から目を逸らさない。

いつしか光は収束し、消えていった。

ソニアは最後まで目を閉じることはなかった。

「……よか、った……！」

横たわるフェンリルの腹の風穴が塞がっているのを見てからソニアは意識を手放した。

◆　◆　◆

次にソニアが目覚めたとき、ソニアはシャルルの腕の中にいた。

「えっ、あっ、え、シャ、シャルル様⁉」

「……よかった。目を覚ましたな」

狼狽えるソニアに、シャルルは優しく目を細めて微笑む。

「す、すみません、私……」

「魔物の群れを消し去った直後、癒やしの力まで使ったんだ。さすがの君も疲れたんだろう」

「……！　ラァ……きゃっ」

ハッとしてラァラの姿を探したところで、べろりと生暖かい舌で顔を舐められる。

「ラァラ……！」

感極まって名前を呼べば、ラァラはわうっ、と小さく鳴いて応えてくれた。

ソニアはシャルルの腕の中から離れると、その代わりにラァラの太い首に抱きついた。

「よかった……！　本当によかった……！」

ぐるるる、とラァラは喉を鳴らす。

「ごめんなさい、あなたが傷ついたのは私のせいかもしれない……ごめんなさい……」

涙声で言うと、ラァラは「ガウ！」と強めに吠えた。

「気にするな、って。魔物の群れと対峙して、なんにも被害がないなんてほうが都合が良すぎる話だ」

「……シャルル様。ラァラ……」

ラァラは言葉を発する代わりにべろべろとソニアの顔を何度も舐めた。

まるで子をあやす親のようだ——とソニアの胸にほの温かな気持ちが湧き上がる。

「……でも、どうして……私じゃ、癒やしの力は使えないはずなのに……」

すっかり元通りになったラァラの腹を撫でながら、ソニアは呟く。

シャルルはその傍らで、そっと口を開いた。

「これは俺の憶測だが、君の力は『過剰』すぎるんだ」

「過剰……すぎる……？」

「君の力の練習台になった男は、たいしたことのない擦り傷程度の傷だったんだろう。そこに過剰な癒やしの力を注ぎ込まれたことにより、体内の細胞が必要以上に活性化され、暴走した結果、傷口を壊死させたんだ」

「……ッ」

ソニアは息を呑む。

一瞬、フラッシュバックに飲み込まれそうになるが、なんとか堪えてシャルルの透き通る瞳を見つめる。

「……君が植物の種を一瞬にして成長させたところを見たときから、もしやと考えていた。君は落ちこぼれの出来損ないなんかじゃなくて、むしろ力が過剰すぎるのではないのかと。種があっという間に発芽して、またたくうちに枯れてしまったのを見た、あのときから」

「で、でも、そんな……私は……」

初めてソニアがシャルルに自分の力を見せたときのことといえば、いまやだいぶ前の話、ソニアがティエラリアに来て間もない頃の話だ。

そんなときから、シャルルはそう考えて自分のことを見ていてくれたのだろうか。

「君は自分は聖女なんかじゃないと言っていたが、君は立派な聖女だよ」

「……もしも、シャルル様が仰る通りの力を私が持っているとしても、でも、それではお役に立てる場が限定的すぎます……」

俯きながらソニアは答える。

「君のその過剰すぎる力、使わなくても無意識に発揮されているんじゃないか？」

「ええっ？」

「意識的に癒やしの力はうまく使えない。だけど、君の作る薬はちょっと尋常でないくらいよく効く。……薬を作るときに無意識に癒やしの力を薬に込めていたんじゃないか？」

「そ、そんなまさか。あれは、レシピがいいだけで……」

「今度、他の人に同じレシピで作ってみてもらおうね」

「は、はい」

にこりと笑うシャルルに気圧されながらソニアは頷く。

言外に「そんなわけがないだろう、いい加減に認めろ」と言われている気分にソニアはなった。

「魔物の出没数も減っているし……」

「ぐ、偶然かと……」

ぼそぼそとソニアは言うが、シャルルはあまりまともに聞いてくれていないようだった。

シャルルは静かに首を振り、そして、優しくソニアの手を取った。

槍を握るシャルルの手は大きく、腹の部分が硬くなっていて、ソニアはどきりとしながらシャルルの顔を見上げる。

もう何度も見つめてきたオリーブグリーンの美しい瞳に、自分が映り込んでいた。

「今年はいつもより早く、春が来そうなんだ」

「……春が……」

「ティエラリアの冬は長く、厳しい。君が来てくれた今年の冬は例年よりも暖かくて過ごしやすかった」

「い、いつもはもっと寒いのですか⁉」

十分、とてつもなく寒いと思っていたのだが。

ソニアは驚愕のあまり目を見開くが、シャルルは至極真面目な顔で頷いた。

「人が生きるには最も厳しい大地、それがこのティエラリアだ」

「……もっと寒いというのは、想像しがたいのですが……」

「はは、そうだろうな。知らないほうが幸せだよ」

それはさておき、と仕切り直してシャルルはソニアの手をぎゅ、と強く握った。

「君は聖女だ。奇跡の力を持った、この国に恵みを届けてくれた花嫁だよ」

「シャルル様……」

「ラァラを救ってくれてありがとう、ソニア。この集落を魔物の群れから守れたのも君のおかげだ。ありがとう」

「……」

シャルルのまっすぐな瞳と言葉に、ソニアは耐えきれず顔を下げた。

こういうときにどういう顔をして、なんと答えるべきなのか、ソニアにはわからなかった。

「わっ」

目からこぼれ落ちそうになっていた涙を、ラァラがべろりと舐めとる。

生暖かいその温度にソニアはもう一度涙を滲ませ、ラァラの身体に抱きつき、頬を擦り寄せた。

◆◆◆

「長老、山から下りてきた魔物は殲滅できた。安心してくれ」

「……そうか」

部屋の扉から背を向けて、あぐらをかいて座り込む老人にシャルルは声をかけた。

ウロボスのすぐ傍らにいたフェンリル、シリウスは尻尾を大きく振ると、シャルルのほうへ歩いていき、太ももに顔を擦り付けた。

「何事もなかったか？」

「……」

シャルルの問いにウロボスは答えない。

だが、見たかぎり、長老がずっとこもっていたこの部屋に異常はない。

シリウスも首を振るのを見て、シャルルは「そうか」と言いながら表情を和らげた。

「……では、我々は失礼する」

老人に礼をして、シャルルは踵を返す。

「あああ、あのっ」

ソニアは慌ててぺこぺこと頭を下げながら老人に声をかけた。

「わたしっ、あなたにお会いできてよかったです。あなたのご立派な姿を忘れることは、きっと生涯ないでしょう」

「……」

ソニアは素直に本心を伝える。

彼の心の氷塊を融かすことはできなかったけれど、彼の生き様を知る一人となれた。

彼を待ち受けるこれからの運命を思うと胸は痛むけれど、最期の姿を見送れてよかった、と。

そう思うことにしようとソニアはウロボスの背に微笑みを向けた。

「……では」

ソニアもシャルルの背を追いかける。

「――待て」

低いしわがれた声に、シャルルとソニアは揃って振り返った。

そこには、すっくと立ち上がったウロボスの姿があった。

「オレも連れて行け」

「……長老！」

ウロボスは年齢を思わせないしっかりとした足取りでこちらに向かってきた。ソニアはそれを喜色満面で迎える。

「……ハッ。小僧、『どうしてだ？』という顔をしてやがるな」

「す、すまない。あれほど頑なだったあなたがなぜ、と。正直、驚いている」

目を丸くしているシャルルにウロボスはわざとらしくため息をついて頭を振った。

「もう満足した。さっき、貴様らに守られていたオレは死んだんだ」

「え、ええと、それは、どういう……」

「いちいち全部言わなくちゃわかんねえのか」

「す、すみません」

ウロボスはソニアにも呆れた表情を向ける。

「テメェらに守られた命だ。テメェらはオレに死んでほしくねえんだろ。救われた命だ、テメェらのいいように従ってやる」

「……長老……」

「……もう二度は言わねえ。オレのことは好きにしろよ」

そう言うと、ウロボスはいままでのようにシャルルとソニアから顔を背けてしまった。


そうして、シャルル、ソニア、ウロボスの三人はティエラリアへ向かうこととなった。

シャルルはラァラに何かを指示する。

ラァラはすうと息を吸うと、大きく数度遠吠えをした。

「任務完了と、しばし今の位置で待機してほしいという知らせだ。フェンリルたちは耳がいいから、さきほどの時間までで移動した距離程度ならちゃんと聞こえて待っていてくれていると思う」

「さすがフェンリル……有能ですねっ」

ラァラの頭を撫でると、ラァラは気持ちよさそうに喉を鳴らした。

さきほどまで腹に風穴が空いていたとは思えないほど、ラァラの足取りは軽く、体調はよさそうだった。ただ、白銀の被毛についた血痕だけは痛々しいままだったが。

大人が三人に対してフェンリルは二頭しかいないので、ラァラにはソニア、シリウスにシャルルとウロボスが分かれて騎乗することになった。

目が不自由なシリウスのため、ラァラが前を駆けていく。その後ろをけして離れずシリウスがついていった。

「……そのフェンリルはどうしたんだよ、血まみれのくせに元気じゃねえか、不自然に腹のところだけはきれいな毛だしよ」

　ポツリとウロボスが呟く。

「あ、えと、お腹に穴が空いてたんですけど、その……私が治して。お腹のお肉と毛が治ったとこだけ血がない、って感じですね……」

「はぁ？　なんだそりゃ」

「う、ええと、なんと申し上げればよろしいか……」

「ラァラは魔物に襲われて腹に穴が開くほどの大怪我を負った。けれど、彼女が聖女の癒やしの力で治したんだ」

　ソニアの拙い説明をシャルルが言い直すとウロボスは片眉を大きくあげ、目を眇めた。

「……ハッ。本当に『聖女』か。よくまあ、あの国から聖女を娶るなんて思い切ったことをしたもんだ」

「ええと、その」

　ソニアがティエラリアに嫁ぐに至った経緯は複雑だ。そもそもは『偽者』のつもりで嫁がされたわけで。

（それに、まだ、「そうなんです、私、聖女なんです」とは、さすがに……言えない……っ！）

「大地の民は独自の聖女信仰があると聞くが……」

口籠もるソニアに被せるように、シャルルはウロボスに問いかける。

　ウロボスは「ああ」と静かに答えた。

「大地の民に言い伝えられている聖女の伝説がある。大神は最も愛した土地神が眠る国の尊い生まれの子に祝福を与えて贔屓するんだと。それでアルノーツの王家の女は『聖女』の力を持って生まれるんだって話だ」

「たいして、ティエラリアは大神が愛していた恋人たち……土地神ではなく、フェンリルの神が眠る大地だから大神の祝福を得られず、このようにひどく寒い国になってしまったとも言われているな」

「人間くせえ神サマだよな、しかも、たまに神サマは間違えるらしい」

「間違える？」

「祝福の量を間違えることがあるらしい。そのせいで愛する土地神の眠る国をダメにしかけた以来、間違えた後は『調整』をするようになったんだと」

「なんだか、大雑把な話ですね……」

「神話だ、口伝なんだからいい加減に決まってんだろ。ガキどもに聞かせるうちに変に御伽話じみた表現にもなってやがる」

　ウロボスはふん、と皮肉げに口を歪ませた。

「オレたち大地の民の祖先はその大神様が間違えたってときに莫大な恩恵を受けたらしい。アルノーツはダメになりかけたが、大地の民の集落はその過剰な祝福のおかげで豊かに暮らせたことがあったそうだ。それ以来、いいことがあったらそれはアルノーツにいる聖女様のおかげだよ、って言われるようになったわけだ」

「な、なるほど……？」

「……祝福の量、『調整』……」

シャルルは怪訝に眉間に皺を寄せた。

やがて、先行していた隊に追いつくそのときまで、シャルルは険しい表情をしているのだった。

◆◆◆

カーテンの隙間から差し込む光、その暖かさと眩しさでソニアは目を覚ました。

大地の民の避難は無事終わり、彼らは今はティエラリア王都の一画に住んでいる。

ソニアがシャルルと共にウロボスの説得に行ったあの日から、やはりそう間を開けずに雪崩は起きた。

フェンリル騎士団が様子を見に行ったところ、ものの見事に集落は雪に呑まれていたという。

もしもウロボスがあそこに居続けていたならば、間違いなく彼は集落と共に命を落としていただろう。

（……よかった。ウロボスさんが私たちに命を預けてくれて……）

先行していた隊と合流したとき、ウロボスのひ孫は愛する祖父の姿を見てわんわんと泣いていた。小さな身体を震わせながら「ありがとう」と言った、あの切ない声をソニアは一生忘れることはないだろうと思う。

「……ん……」

シャルルが身じろぎ、悩ましげな声を上げる。

相変わらず、シャルルの寝起きは悪い。

とても素晴らしい人格の持ち主で、ソニアからしたら完璧超人に思えるシャルルの数少ないウィークポイントな気がして、ソニアはシャルルの寝起きの悪さをつい微笑ましく見てしまう。

（……何度見ても、本当にお顔立ちがいい……）

通った鼻筋、瞳を伏せるとますます目立つ長いまつ毛、しっかりとした眉、卵形の形の良いフェイスライン。

こうもまじまじと見てはしたないと思うものの、ソニアは毎朝どうしてもシャルルの尊顔を眺めるのをやめられなかった。

「……。朝か……おはよう……」

「はいっ、おはようございます！」

しばらく経ってようやく覚醒したらしいシャルルにソニアは笑顔で応える。

シャルルは眠たげな瞼のまま、口元を緩める。

「ララもおはよう」

シャルルはソニアとの間に置かれた小さなフェンリル人形にも声をかける。

「最近はまた一段と暖かくなってきたな。少しは起きやすくなってきた……」

「そうですね……。…………あ」

「……『あ』？」

ソニアは思い出す。

かつて、自分は「暖かくなったら！　シャルル様より先に起きたら床に座ってお目覚めを待つ！」「罪人の身で！　暖かな寝床を享受しているなど！」と考えていたことを。

「……ええと」

「うん、どうしたんだ？」

「…………なんでもありません」

悩んで、ソニアはそう言った。シャルルはニコリと微笑みを深める。

（なんとなく……思考は読まれている気がしますが……）

恥ずかしい気持ちからソニアは少しだけ顔を俯かせる。

今もソニアは「私が聖女です！」とは到底思えていなかった。

けれど、シャルルは「君は本当に聖女だ」と言ってくれている。ソニアがティエラリアにやってきたそのときからずっと、ソニアのことを大切にしてくれている。

そんな人に対して、この期に及んで「私は偽りの花嫁で、あなたたちを騙している罪人ですから、そろそろ暖かくなってきたなら暖かなベッドでいつまでも寝ているのは良くないと思って」なんてことを言うのは――失礼だ。

けして、まだ少し寒いから布団の中にいたいわけではない。

ソニアはちら、と高い位置にあるシャルルの顔を見上げる。

優しく細めた瞳でソニアのことを見つめていたシャルルと目が合って、ソニアは気恥ずかしさから軽く唇を食みながらまた俯いてしまった。

シャルルとソニアがフェンリル厩舎に入るとたくさんのフェンリルたちが飛びついて出迎えてくれる。

ソニアが彼らにべろべろと顔を舐められ、もみくちゃになっていると、途中でラァラが首根っこを噛んで引っ張り上げて救出してくれた。

「あ、ありがとう、ラァラ……」

ソニアはそっとラァラの白銀の毛を撫でる。こびりついていた血の跡もすっかりきれいになっていた。

ラァラの体調はあれからもずっと好調を保っていた。腹に風穴が空いていたのは夢だったのでは、と思うほどだ。

ラァラが引っ張って連れてきてくれた先には、ラァラの夫シリウスがいた。

フェンリルは人懐っこい性質を持った魔物だが、シリウスは他のフェンリルに比べるとクールで恒例のお出迎えには参加しない。

「シリウスもおはよう」

シリウスの頭を撫でると、シリウスは伏せたままの目の辺りも撫でろと要求してくる。ソニアはもう慣れて、流れるような一連の動作で撫でてやった。

「シリウスもすっかり君に懐いたな。元々そういう性格ではあったが、病気をしてから特に人見知りというか、あまり周りと関わりたがらないようになってたんだが……」

「そ、そうなんですか？」

ああ、と頷きながらシャルルもまたシリウスの頭を撫でた。

その後にシャルルはシリウスの瞼にちゅっと口付ける。

（……シリウスが目の辺りも撫でられたがるのは、シャルル様がするみたいなキスの代わり……？　なのでしょうか）

ちら、とソニアはそばにいるラァラを見る。ラァラは人間相手でも嫉妬をするというから、ラァラを嫉妬させないためにソニアにはキスではなく撫でるのを強請るのだろうか。

「そういえば、ダンスの練習はどうだい？　もう振り付けは覚えた？」

「はっ、はい！　おかげさまで……」

不意に振り向いたシャルルにどきりとしながらソニアは答える。

魔物襲来事件からほとんどずっとソニアのそばにいてくれているシャルルだが、義姉・マリアとのダンス練習のときはシャルルは練習部屋の外で待機していた。

男性が女性の踊りの練習を見ることはあまりよしとされない風習があるらしい。

未熟な踊りを異性に見られることはしたないことだそうだ。

しかし、「もうすぐシャルルとも合わせてみましょうね」と王妃殿下から言われてはいた。

「そろそろ俺と君とで合わせてみようか」

「えっ、こ、ここで⁉　今からですか⁉」

「うん、ちょっとやってみたい」

心の準備が、と言う間もなく、ソニアの身体がふわりと浮いた。

「君、軽いな。信じられないくらいだ」

（わ、わ、わ、わ〜⁉）

ソニアはシャルルの腕の上に乗っていた。

「こ、こういう振り付けでしたでしょうか⁉」

「いや。引き寄せたらこう、ふわっといきそうだったからそのまま勢いで抱き上げちゃっただけだな」

「そんなことってあります⁉」

「ははは、すまん。降ろすよ」

シャルルは軽快に笑いながら、宣言通りソニアを厩舎のわら床の上に降ろし、改めてソニアの手を取ると、腰に手を添えて目を細めた。

「俺も『夫婦の踊り』をするのは初めてだから、よろしく頼む」

「は、はい、お手柔らかに……」

内心バクバクとさせながら、ソニアはシャルルにぎこちなく微笑みを返した。

（シャ……シャルル様、手、大きすぎませんか⁉　えっ、私の手が小さいんですか、これって⁉いや、手……大きすぎません……⁉）

繋いだ片手、そして腰に添えられた手のひらの大きさにソニアはおおいに狼狽えていた。

正直、踊りどころではないが、シャルルの丁寧なリードに必死でついていく。

ラァラや他のフェンリルたちはそれをウゥーと高い遠吠えをあげて眺めているのだった。

建国祭は、もうすぐだ。

◆　◆　◆

時は遡り、アルノーツの第二王女アイラがティエラリアから帰国してまもなくの頃。

アイラは憤っていた。

「なによっ、お姉様ったら！　レシピがいいってあんなに言ってたのに、全然効かないじゃないのよ！」

せっかく遠路はるばるティエラリアまで出向いて行ったというのに。

ようやく得た成果は、姉に教えてもらった『よく効く薬の作り方』だけ。しかも、それらは実際作って使ってみたところ、たいした効力のないものだった。

「お姉様ったら、やっぱりあたしに意地悪してるんだわ……。適当なこと言って誤魔化して。あたしのことを呪っていない、って言っていたのもきっと嘘だわ……あんなメチャクチャなイケメンと結婚してイチャイチャしてるっていうのに、なんて意地悪な歪んだ女なの、お姉様……」

ぶつぶつと呟きながらアイラは神殿に設けられた休憩室から出ていった。

まもなく午後の施しが始まる。

アイラにとっては非常に憂鬱な時間だ。

（……でも、不思議と、お姉様に会ってからちょっとだけ身体が軽いというか……また聖女の力を使いやすくなったのよね……）

廊下を歩きながら、アイラは首を捻る。

しかし、なぜなのかは、考えてもわかるはずもなかった。

◆　◆　◆

そして、時は今。

アルノーツは未曾有の危機に陥っていた。

「――陛下！　南西の森にて魔物の出没が確認されました！　またです！」

「……クソっ、どうなっとるんだ……！」

伝令兵の報告に、アルノーツ国王・ケイオスは頭を抱えた。

「戦用に準備していた武器や毒だけでは対応しきれんか」

「は、はい。武器もそうですが、先のティエラリアとの戦争で負傷した兵も全員の傷は癒えておりませんし、そもそも、アルノーツで魔物と戦える人物はほとんどおりません……」

「なんてことだ……」

　ティエラリアとの敗戦後、アルノーツは再び力を蓄えていこうとしていた。

　前回はティエラリアを侮っていたが、所詮は貧しい大地に立てられた土地だけが広い小国。厄介なのはあのフェンリルたちだ。どうにかしてフェンリルたちを戦闘不能にしてしまえばティエラリアの戦力は半減する、物流についてもフェンリルを頼っているそうだから、その足を絶ってしまえばすぐさま自国だけでは食糧難に陥ることだろう。長期戦に持ち込めば、アルノーツの勝機は十分にある。

　一度は友好関係を築いた国に再び戦争を仕掛けるのは外国から非難を浴びる恐れはあるが――そのときには、『ティエラリアに送り込んだ娘・ソニアがひどい扱いを受けていたから』とでも言い張ればいい。

　本当は『聖女』なんかではない、落ちこぼれの出来損ないであるソニアを嫁がせた理由の一つが、これだった。

　ソニアが聖女ではないとされ、ティエラリアで冷たい対応を受けてくれたら好都合。

　さらに、ソニアの『厄災』の力で貧しい国がさらに枯れて、国力が弱まってくれたら僥倖。

　――そうであったはずなのに。

　ソニアはなぜか、ティエラリアでは『聖女』として扱われ、力を発揮しているらしい。

　どうも政略婚の夫とも良好な関係を築いていると。

ティエラリアから送られてきた建国祭の招待状には『花の国アルノーツから花嫁を迎え、今年は平年よりも穏やかで暖かな冬を過ごし、春の迎えも早まりそうだ』と書かれていた。

こちらは、優秀な聖女であったはずのアイラが調子を悪くした上に、そのせいか最近に至っては自国にはいないはずの魔物が湧いてくるようになってきて、困っているというのに――。

ぎりりとケイオスは歯軋りした。

「またアイラに魔物を祓いに行ってもらうしかないか……。神殿での治療会がただでさえ滞っておるというのに！」

「はい……。治療会は閉鎖し、魔物の被害を食い止めることが先決かと……！」

伝令兵とケイオスは神妙な顔で頷き合う。

そして伝令兵はケイオスが座る玉座の隣の王妃に目線を移すと、おずおずと頭を下げた。

「王妃殿下におかれましても、そのお力を発揮していただくことは叶いませんでしょうか……」

「な、何を言っているのよ。わたくしはもう聖女としての力はほとんどありません。あなたたちもアルノーツ国民ならわかっているでしょう!?　聖女の力は二十歳をピークに、どんどん衰えていくのだと……！」

王妃マルガレータは狼狽え、懇願してきた兵に対し、美しく整えた眉を怒らせた。

王妃の棘のある声に、周囲の衛兵たちはそっと顔を見合わせる。

「……妃殿下って、そういえば御年……」

「どうでもいいことを気にしている場合ですか！　国の一大事なのですよ！　あなたたちももう

少し鍛錬に身を入れたらいかがです！　ああ、愛娘アイラ以外は誰も魔物と戦えないとは嘆かわしい」

潜められた声でのやりとりにマルガレータは赤らんだ顔で肩を怒らせた。

そんな折。

「――でっ、伝令！　伝令！」

慌ただしく、王の間の重い扉が勢いよく開かれた。

バン！　という音が長く響き、音の余韻と共に伝令は「一大事です！」と張り詰めた声で叫ぶ。

「ま、またか⁉　どうした」

国王ケイオスは嫌な予感に顔を青ざめさせながら問うた。

「ハッ、東の湾岸地区にて……海から魔物が大量に上陸してきているとのこと！　すでに港町・カイトンは崩壊寸前です！」

一同は絶句した。

マルガレータは「なんてこと……」と細く息をつく。

歯軋りをし、拳を痛いほど握りしめていたケイオスはその拳を戦慄かせながら叫んだ。

カイトンは王都にほど近い位置にある。このままでは王都にまで危機が及ぶ。

「……ティ、ティエラリアに急ぎ文を送れ！」

「え……け、建国祭の誘いの返信ですか？」

指示を出された文官は、こんなときに？　と怪訝な表情を浮かべる。

「ああ！　建国祭の出席は欠！　……そして、友好国としてどうか我が国未曾有の危機を救ってくれと――救難要請を出せ‼」

◆　◆　◆

「ソニア様、おはようございます」

「今日は新しいドレスが届いたのですよ、楽しみですね」

朝の身支度の時間。ソニアのもとを訪れた二人の侍女は恭しく頭を下げた。一人はリリアンで、もう一人はソニアがまだあまり見慣れない三十代くらいの落ち着いた雰囲気の侍女だった。

ありがとう、と二人に対して微笑むソニア。

鏡台の前に座ったソニアは、髪を梳かしてくれるリリアンにだけ聞こえる声でそっと聞いた。

「……あの、リリアン。最近はリリアン以外にもう一人の方も来てくださることが増えましたよね……？」

「え？　……ああ、そうですね」

気のせいではなかったことを肯定されて、ソニアは一気に青ざめる。

「すみません、私の身支度……大変なのでしょうか……。私の世話は手間がかかるから、一人では大変ということでしょうか……⁉」

「まあ」

リリアンは知的な印象の猫目をほんの少し大きく見開く。

「違いますよ、ソニア様。いままでのほうがちょっと……そう、イレギュラーだったのです」

「イ、イレギュラー……？」

「わたくしのような若輩者が単身でソニア様のように尊いお方のそば付きになるということのほうが、本来であれば、ふさわしくなかったのです」

「……と、とうとい」

私が尊い？　と疑問符を浮かべながらソニアは言葉を繰り返す。

「ふふ、でもわたくしはそのおかげでソニア様の専属侍女になれたのです。……ですが、やはり、わたくしでは経験不足なところがありますから、近頃はわたくしの指南役を兼ねてベテランの方にもう一人入っていただけるようになったんですよ」

「なるほど……」

なるほど、と言いつつ、リリアンの言う『そのおかげ』とはなんの話だろう、とソニアには見当がつかず、目をぱちくりさせながら曖昧に頷いた。

そのソニアの様子を見ながらリリアンはくすくすと笑う。

（リリアンはとっても優秀な完璧侍女というイメージだったのですが……）

小柄だけれど、テキパキとしていて、常に背筋がまっすぐで有能というのがソニアのリリアンへの素直な印象だった。

（そんなリリアンがまだまだ未熟扱いされているだなんて、ティエラリアに仕える侍女のレベルはとてつもなく高いのですね……）

ひとときの間だけそばにいてくれた侍女長マリベルは確かに、リリアン以上にテキパキとしていて近寄りがたいくらい完璧だったなあと、ソニアは思い返す。

リリアン以外の侍女に世話を見てもらう機会が増えたのも、そういえばあのとき以来だろうか。

（なにはともあれ、リリアンはとても優しくて素敵な人だから、リリアンが私の専属侍女でよかったなあ）

目を細めて微笑んでいるリリアンに、ソニアもまたニコニコと笑い返すのだった。


「やあ、今日は見たことのないドレスだな。よく似合っている」

「あ、ありがとうございます」

支度を終えて自室から出てきたソニアを、シャルルが出迎える。

まるで久しぶりに会う恋人に向けるような、とろけてしまいそうな甘い顔と声でソニアを褒めてくれるシャルルだが、昨日の夜も一緒に寝て朝も一緒に起きたばかりだ。

「君の金色の髪はどんな色でも似合うけど、その緑色のドレスを着ている君を見ていると、特に嬉しくなるな」

「嬉しくなる、ですか？」

「うん、俺の目の色に似ているから」

「あっ、そういえばそうですね！」

彩度が抑えられた緑のドレスの裾を軽くつまみながらソニアは頷いた。シャルルは一層嬉しげに顔を綻ばせる。

（……あれ？　これ、もしかして、ちょっと恥ずかしいことを……言われたような……？）

シャルルの表情を見てようやくシャルルの言葉の真意にうっすらと気づいたソニアは遅れて頬をほてらせた。

いまさらながら、どういう顔をすれば良いのだろうとソニアが困っていると、廊下の向こうから慌ただしい足音が響いてきた。

息を切らしながら駆けてきたのは、城の兵の一人だった。

「シャ、シャルル様！　ソニア様！　急ぎ王の間にいらしてください！」

「わ、私も……ですか？」

ソニアがきょとんと己を指差すと兵はこくこくと頷いた。

「ぜひ、ソニア様も……とのことです」

「……そうか、今すぐ、急いで向かう」

シャルルは眉間に深くしわを作りながら、別棟の王の間の方角を睨んだ。

急ぎ足で訪れた王の間では、国王カイゼルがシャルルと同じ深刻な表情をして待ち構えていた。

「なにかあったのですか？　伝令の者がずいぶんと慌てておりましたが……」

「ああ……。緊急事態だ」

カイゼルは重々しく首を振る。

「アルノーツで魔物が大量発生とのこと。我が国に救助要請を出している」

「……アルノーツが……!?」

ソニアはまさか、と息を呑んだ。

だが、その横のシャルルは落ち着き払った様子でため息をついたのみだった。

「やはり、か」

「ああ。お前が予想していた通りだ」

カイゼルは目を伏せて、頭を振った。

「建国祭も間近に迫っているが……アルノーツの国民たちに罪はないのだ、見捨てるわけにはいかん。シャルル、そして、ソニアよ。アルノーツに行ってもらえんか？」

「わ、私も……ですか」

「ああ、君に来てもらわなくては、事態は収束しないだろう」

ソニアの問いに答えたのはシャルルだった。

「俺はフェンリル騎士団の精鋭たちを連れて行く。協力して解決しよう」

「……アイラ……」

ソニアの頭にも、今の事態が起きる可能性がよぎったことは、あった。

だがまさか、本当にあのアイラの力が弱まってしまっているとは、信じがたかった。

（どうして……？）

困惑のまま、ソニアは祖国アルノーツに向かう支度に追われるのだった。

フェンリル騎士団の会議室に移動した二人はアルノーツ王国の地図を大机の上に広げながら、額を突き合わせた。

シャルルの長い指が地図上の二点を交互に指差す。

「アルノーツで現在魔物の大量発生が確認されているのは主に二ヶ所。港町カイトンと南西の森林地域だそうだ」

「カイトンは住人も多いし、王都にも近いから最優先はカイトンでしょうね……」

ソニアは緊張感から渇く喉に、むりやり唾を飲み込む。

「ああ。アルノーツの聖女アイラ殿もカイトンに向かっているそうだ。森林地域には近くに人の住む村や町はあるのかい？」

「ごくごく小さな村がいくつかあります。……けれど、状況によっては……」

後回しにせざるを得ないだろう、と判じつつ、ソニアは言葉を濁す。

「とにかくまずカイトンで魔物を食い止めるべきかと……」

「……そうだな。二手に分かれようか、君は妹君がいるカイトンに向かってくれ。フェンリル騎士団の大部分は森林地域に向かわせよう。俺は君をカイトンに送り届け次第、どちらにつくかは状況を見て動く」

「あ、ありがとうございます……！」

シャルルの提案にソニアはホッと胸を撫で下ろす。フェンリル騎士団が対応してくれるのならば森林地域もきっと被害は最小限に抑えられるはずだ。

「わ、私、頑張りますね！　魔物をやっつけるのは大の得意ですから！　やってやりますとも！……あの、なんでしたら、カイトンには私が単身で向かいますが……」

「それはすごい自信だな」

「すすす、すみません、出過ぎた真似を……」

背を丸めて小さくなったソニアを見つめたシャルルは表情を和らげて微笑む。

「君の自信は好ましいよ。だが、事態は急を要するだろう？　フェンリルを一番速い速度で走らせる。……君一人ではおそらく乗りこなせない。俺と一緒に乗って、一番速く走っていこう」

「……！　わかりました！」

ソニアは眉を引き締め、深く頷いて見せた。

どんなに急いでも、ここから港町カイトンまでは数日かかるだろう。どうかそれまで、持ち堪えていますようにとソニアは祈った。

第七章　アルノーツ、未曾有の危機

（――ふざけんじゃないわよ！）

アイラは白濁とした意識の中、悪態をつく。

アルノーツ最東の港町カイトン。賑やかな港の面影はなく今はただただ魔物に蹂躙されている。いくらかの犠牲を出しつつも、住民たちはすでに避難を終えて、聖女アイラが海から上陸する魔物の群れを食い止めているというところだ。

魔物の大量発生の報を受けて、アイラがこのカイトンの地に立つようになり、一体何日が経ったことだろう。数日のことであるはずなのに、アイラには途方もなく長い時間に感じられた。

アイラは力を使うたび、自分の身がすり減るのを感じていた。

咽せて、咳き込んだら血痰が出た。足はガクガクと震え、立っているだけでもつらい。だけれど、自分がやるしかない。この国にいる聖女はアイラだけ、この国の人間で魔物に対抗できる存在はアイラだけなのだから。

（アルノーツに、魔物なんていなかったのに。なんで、どうして。アルノーツは、世界で唯一の……魔物が存在しない恵まれた土地だったのに、どうして）

ふと、頭の端に弱音が浮かんできて、アイラは目の端に涙を浮かべた。

（あたし《聖女》がいるのに、なんで魔物が来るのよ……！）

魔物にとっての脅威である聖女を襲おうとする魔物ならばいままでもいた。しかし、このように群れで来ることなんてなかった。

群れの有象無象とは違って、聖女を狙う魔物はもっと恐ろしく、強大な力を持っている高位の魔物ばかりだった。

雑魚の魔物は聖女に近づくことすらできないはずなのに。

今アイラに迫り、アイラを脅かしている魔物はそういった『雑魚』の群れだった。

なんで、どうして。

――あたしみたいな、優秀な聖女がこんな雑魚に追い詰められて、聖女の力も底をつきそうになっている？

（なんか、もうイヤ。なんであたしばっかこんなに頑張ってるの？　治療会もそうよ、あたし、あんな辛い思いして頑張ってたのに。なんなの、なんでこんな辛い思いして『聖女』やらなくちゃいけないのよ）

アイラは不意に、意識が遠のくのを感じた。

このまま、ふわりと浮かんできたひとときの心地よさに身を委ねて、膝をつき、瞳を閉じた――そのとき。

「――アイラ！　大丈夫⁉」

出来損ないの落ちこぼれの、姉の声が聞こえた。

「は、はあ!?　お姉様!?」

咄嗟に意識を揺り戻されたアイラは目を見開き、姉・ソニアを見つめる。

ソニアは見慣れない小綺麗な白い装束を身にまとっていた。ティエラリアで作らせた聖女装束だろうか。

「こんなにボロボロになって……」

「きゃっ」

背の高い姉に上から抱きしめられる。

憔悴しているアイラには抵抗もままならず、ソニアのされるがままになった。

「……魔物は私とティエラリアの騎士団がなんとかします！　アイラはここで待ってて」

「はあ？　何言ってんのよ……って、お姉様は魔物を滅するのだけは得意だったわね……」

それでも、自分がお荷物のように言われたことにはムッとする。

ソニアは長い金色の髪を煌めかせながら魔物の群れのもとに駆けていった。

その横にはフェンリルに跨がったティエラリアの王弟シャルルもいた。

（か、彼氏連れで来てんじゃないわよ……！）

アイラの頭にふつふつと怒りが湧いてきた。

そのおかげだろうか。なんとなく、身体に力が戻ってくる。

アイラはゆっくりと立ち上がり、そして深呼吸する。

（……？）

もう枯れたかと思われた聖女の力が身体に湧き上がるのを、アイラは感じていた。

アイラは姉の背中のその向こうの魔物に対して、ボールを投げるかのように聖女の破魔の力を放った。

「……えっ？　アイラ？」

きょとんと姉が振り返る。

そんな迂闊な姉のサポートにシャルルがサッと動いて魔物の爪を槍で弾く。

「アルノーツの聖女はあたしよ！　魔物退治が得意だからって調子に乗らないで！」

ふん、と大見得を切って見せれば、ソニアはキラキラと目を輝かせアイラを見つめた。

「アイラ……！　すごい、こんなにボロボロになってもまだこれだけの力を発揮できるだなんて……やっぱりアイラは間違いなく聖」

「この状況において素面でそれを言えるのが君のすごいところだよな」

槍で魔物をグサグサしながら、爽やかな笑顔でシャルルが言う。

姉の言葉もシャルルの言い方も絶妙にアイラの気を逆撫でするものなのは気のせいだろうか。

だが、今は非常事態である。

気に入らないが、魔物退治だけは得意だった姉の存在は——ありがたい。

それに、なぜだか姉の姿を目にしてからというもの、聖女の力がまた湧き上がっていた。

（今ならお姉様なんていなくてもなんとかできそうだけど、早く終わったほうが楽だものね）

アイラは金色のロングヘアを後ろにたなびかせ、改めて魔物の群れに対峙した。

姉はどうやら、彼氏以外にもティエラリアの騎士団も連れてきてくれたようだ。アルノーツのへっぽこ騎士たちと違って、ティエラリアの騎士は魔物との戦闘に慣れている。くわえて彼らは強力な魔物・フェンリルを扱いこなしていた。
こう思うのも癪だが――もはや魔物の群れなどに負ける気がしなかった。

◆　◆　◆

「……お姉様。お願いがあるんだけど」

ぽつりとアイラが呟く。小さな声でも拾えるくらい戦線はようやく落ち着いてきていた。

「どうしたんですか？」

「まだ魔物の上陸は止まらない、けど、勢いは落ちてきた」

アイラは元々つり目がちな瞳を鋭くさせながら、ソニアを見上げる。

「群れの一部が王都の方に向かっているの。いくらあたしが聖女といっても、あの大群の全部を止めることは叶わなかった。……そろそろ、手分けをしない？」

「なるほど、ここの脅威は君とソニアだけで十分か？」

ソニアの傍らにいたシャルルが言うと、アイラは勝ち気に眉を釣り上げて答える。

「十分よ、なんならあたし一人でもいいくらい」

「……それはさすがに危険かな。女性二人をこうして戦いの矢面に立たせるのは気がひけるが……ソニア、アイラ殿。君たちにここを任せて、俺とフェンリル騎士団が王都の防衛に向かう。それでいいか？」

「ええ。南西部の魔物もどうしようかしらと思っていたけど、ティエラリアの騎士たちがそっちのほうに行ってくれているんでしょう？　だったらやっぱり、魔物の数が多くて危険度も高いこの防衛が最優先だわ。ここはあたしとお姉様の二人でなんとかするのが第一ね」

シャルルは頷く。短絡的でお調子者に見えた彼女《アイラ》だが、一国を背負う人物《聖女》だけのことはあるらしいと彼女への評価を改める。

（彼女なりの責任感はあるのだな……。それで彼女がソニアにしてきたことを許せるわけではないが……）

アイラの気の強そうな瞳のすぐ下に浮かんだ隈を見て、かつてティエラリアに来たばかりのソニアを思い出しながら、シャルルは彼女に対して目を細めた。

「方針が決まったのならば、急がない手はない。俺たちは王都に向かう。……気をつけて、ソニア。そして、アルノーツの聖女殿」

「は、はい！　シャルル様もお気をつけて……！」

二人に背を向け、足を進めようとしたシャルルにソニアが駆け寄る。そして、シャルルの手を取り、ぎゅうと握った。

少し驚いてシャルルが振り返ると、緊張した面持ちのソニアの揺れる瞳と目が合った。

握られた手がとても温かく感じられたのは、実際に彼女の体温が高いからか、それとも。

「……ああ。君から激励をもらえたのなら、百人力だ。魔物の数はここと比べたら全然比じゃないはず、大丈夫だよ。王都はちゃんと守るし、俺も無事に戻るよ」

ティエラリアからアルノーツへ、大急ぎで移動してきて、カイトンに到着してからは魔物と交戦し続けて、蓄積されていた疲労が不思議とどこかに飛んでいくような気がした。

もしかしたら、これも彼女の聖女の力によるものではないか、と思いながら、シャルルはソニアに微笑んだ。

ソニアの手をそっと解《ほど》いたシャルルはカイトンに配置していた小部隊に号令をかけ、急ぎアルノーツ王都へとラァラを走らせた。

道中、何匹かの魔物を発見し、そのたびに撃破していったが、人間を襲う魔物の本能なのか、人が多く集まる王都をまっすぐ目指しているようだった。カイトンの町から王都までの間に、大きな村や町は存在しない。

フェンリルの足ならばそう遠くなく、王都に到着する。負傷し、倒れていた門番に話を聞くと、住人たちはすでに魔物の襲来を報《しら》されており、王城が避難所として機能しているそうだ。シャルルは騎士団の一人に門番の手当てを指示し、王城へと進む。

王城に入るための堅牢な門は固く閉ざされ、そこに魔物たちが溜まっていた。

だが、シャルルは目を眇め、頭上を見やる。

（……空を飛ぶ魔物は阻めていない。数匹はすでに城内に侵入していると見ていいだろう）

門もこのまま放っておけば、いずれ壊されてしまうだろう。

「俺が先に城内に入る。お前たちはここに溜まっている魔物の殲滅を頼む。全て倒したら、半数は城内に、もう半数はここに残って、追って現れるかもしれない魔物の対応にあたってくれ」

「はっ！」

シャルルはァァラを走らせ、高く跳躍させて王城の門を飛び越えた。

そしてそのままァァラは城壁を駆け上り、塔の上まで登りきる。シャルルはひとまず、現在目視できる飛行中の魔物を、小槍で投擲して片付けることにした。

（すでに中に入ってしまった魔物は……）

続いて、シャルルはぐるりと辺りを見回して、建物の損壊が見られる箇所を探した。おそらく魔物は窓を突き破って侵入しているはず。

主城の一番上の階の窓が破壊されているのを見て、シャルルは眉を顰めた。

（あそこは……）

王の玉座がある部屋と見て、間違いないだろう。魔物の襲来があった今も、王がそこに座っているかはわからないが、痕跡から魔物があそこから侵入したということは確実だ。

「……まずは、あそこに行くか。ァァラ」

ァァラは小さく吠えて応える。跳躍し、主城の屋根に飛び乗って、ァァラはシャルルが示した場所まで足を走らせた。

◆
◆
◆

「……ヒッ、な、なぜ、よりにもよってここに……！」

――アルノーツ国王・ケイオスは歯をカチカチと鳴らし、全身を強張らせた。

近衛兵は全て、この一体の魔物にやられてしまった。美しい王の間に似つかわしくない赤黒い血の池ができていた。

自分を守るものはこの場にはもう何もない。ケイオスは手を組み、神に祈る。

どうか、あなたの愛し君の子たる我らを守りたまえと。

鳥型の魔物の甲高い鳴き声に、もうだめだとケイオスはきつく瞼を閉じる。

が、少しして、重々しい足音が響いた。今度はなんだとケイオスが慌てて顔を上げると、そこには巨大な銀色の狼に跨がった男がいた。

狼の大きな足が血の池を踏む。ビチャリと血が飛び散った。

ケイオスは息を呑む。人の何倍も大きな体躯の鳥型の魔物に向かい跳躍した狼は鳥の脚の付け根辺りに躊躇なく噛みついた。魔物の悲鳴が響く中、狼に跨がった男は手に握った槍で魔物を勢いよく貫いた。おそらく、ちょうど、心の臓があるところを。

しばらく痙攣していた魔物だが、やがて動きを止め、地に伏す。

男が槍を引き抜くと、思い切りよく音を立て血飛沫が飛んだ。槍が栓のような役目を果たしていたのだろう。

「……」

ケイオスは声にならない声を漏らしながら、喉をヒューヒュー鳴らした。

見事な銀の髪を朱に濡らした男はぐい、と乱雑に顔を拭う。真っ赤に染まった顔から、白い肌が覗いた。共に連れ立っている白銀の獣もまた、その毛並みを赤に染めている。

「ヒッ！」

「ああ、ご安心を。返り血です」

拭いきれなかった血痕をくっつけたままの顔の男に微笑まれても、安心できようはずもなく、ケイオスはただ怯えた。

「ご無沙汰しております。国王陛下におかれましてはご機嫌いかがだったでしょうか？」

血まみれになっていても窺える顔の造形の見事さと、大きな体躯には見覚えがあった。――ティエラリア王弟・シャルルである。

（アイツは、こんな男に嫁いでいったのか……！）

改めてケイオスは「やはり蛮族の国、血飛沫を浴びてこうも平然としている王族がいるものか」と肝を冷やした。

「妃殿下はご一緒ではないのですか？」

シャルルはケイオスの動揺と恐れを気にもしていないのか、落ち着いた声音で問うた。

「あ、あやつは、避難してきた国民と共におる。すでに聖女の力はほとんど衰えているが……それでも、全く使えないわけではないようだからな」

「そうなのですね。ここにいるのはあなたと十数人の兵士ばかり、ということですか」

「……そうだ」

　苦々しくケイオスは答える。

「……残念ながら、彼らはどうも、手遅れのようですね」

「そっ、そうだ！　貴様！　来るのが遅いではないか！　あとわずかでも遅れていたら国王たるワシの命すら危なかったのだぞ！　ソニアはどうした、連れてきてないのか？　アイツはあんなだが、魔物退治だけは得意だからアイツさえいればこんな――」

　ケイオスは静かで落ち着き払っているシャルルの淡々とした喋り方に、つい頭に血が上ってしまった。元々興奮状態、平時よりも精神が安定していなかったのも災いしただろう。

　ケイオスはシャルルに向かって、八つ当たり混じりに文句を並べ立てようとして、全て言い切る前に、舌が動きを止めた。己を見るシャルルの目が、あまりにも冷たかったからである。

「どうやらあなたは脅威を正しく認識できないようだ」

「な……？」

「魔物すら葬れる槍の使い手がこのようにそばにいるというのに、あなたは恐ろしいとは感じないのですか？」

「……な、なにをっ」

　ようやくシャルルの言の意を悟ったケイオスは慌てて一歩後ずさる。

シャルルはニコリと微笑んでそれを見守った。

「この部屋に生きて立っているのは私とあなただけ。今、もしもここであなたの命が絶たれても、魔物の仕業とみな思うでしょうね」

「き、貴様！　貴様はティエラリアの王族だろうっ、そのようなことを言っていいのか⁉　宣戦布告ととられてもおかしくない言動だぞ！」

「おや、万全の態勢で攻め入ったのに敗北した国の何を恐れろと？」

「ぐ……！」

「お忘れなきように。王よ、あなたはすでに我々に敗けているのです。なぜ今もこのような小さな敗戦国が、国家として残っているのか、よくお考えください」

後ずさるケイオス、静かに迫るシャルル。いつしか、ケイオスの背は王の間の一番奥の壁にぶつかった。

目を見開いた刹那、ケイオスの頬のすぐ横で風鳴りの音がした。恐る恐る、後ろを振り向くと背後の壁に槍が突き刺さっていた。さきほど、魔物の心の臓をひと突きした血塗れの槍だ。

「大切な友好国からの救援依頼だ。他国にティエラリアの武力と温情深さを示す機会でもある。もちろん、救いますよ。ただ一点、私が申し上げたいのは……」

ニコリとシャルルは人好きの良さそうな笑みを浮かべる。その穏やかさが、ケイオスにはむしろ恐ろしく感じられる。シャルルは一歩一歩ゆっくりとケイオスに近づいてきて、とうとう目の前まで来たところで高い背を屈め、その整った顔をケイオスの頬に寄せた。

「いつでも私はあなたを貫けるということを、どうかゆめゆめお忘れなきように」

「……！」

耳元で囁かれた声。ケイオスは目を見開き、その場にへたりと座り込んでしまった。

◆◆◆

さて、突然の魔物の襲来により迎えた魔物との戦いは、ティエラリアから援軍を得たアルノーツが勝利を得た。

港町カイトンで聖女アイラは力を使い果たし、このまま敗北すると、そう思われたが、ティエラリアから援軍が来ると再び力を取り戻して、魔物の群れを退けた。

――なのだが。

戦いから翌日、アルノーツの王城の廊下にて。三人の若い兵士は額を突き合わせてヒソヒソと話をしていた。

「……ソニア様、すごかったな」

「ああ、魔物の群れをまるでなんともないみたいに一瞬にして何度も何度も塵みたいにしちまって……」

「それに比べるとアイラ様は……地味というか……」

「……というか、アイラ様って、もう倒れる寸前だったよな？　でも、ソニア様に抱きしめられてから急に復活して……」

「アレももしかしたらソニア様が与えた『加護』だったとか……」

「アイラ様って前はもっとすごかったのに、そういえば、ソニア様がいなくなってから治療会での治療も満足にできなくなってきてたよな……」

「――なあ、前からアイラ様が出張って偉そうにしてて、ソニア様は『落ちこぼれ』みたいにされてたけど、実はアイラ様よりソニア様のほうがすごくって、アイラ様はソニア様の力のおこぼれをもらってたんじゃ……」

「……あたしがボロボロになってもはたから見ているだけだったくせに、随分と偉そうにぺちゃくちゃ噂話をするじゃない」

「ひっ、ア、アイラ様」

　カイトンでアイラが魔物の群れと退治していたそのとき、実はアイラの周りにはアルノーツの兵たちもいたのだ。

　いたのだが、なんの戦力にならず、ただただアイラのことを見守ることに徹していた彼らにアイラは冷たい目線を浴びせる。

「あんなことがあった直後なのに、励むのは下世話な話ばっかり？　少しはティエラリアの兵たちを見習いなさいよ、ほんっと我が国の兵たちには呆れかえるわね」

「もっ、申し訳ありません！」

突如現れたアイラに戸惑い尽くした彼らは大慌てで逃げ出して行った。

アイラは一人残された廊下で、はあ、と大きくため息をつく。

「……あたしだって、わけわかんないわよ」

なぜ、姉が現れたら聖女の力が湧き上がってきたのか。

思い出したらますますイライラとしてきて、アイラはわざとヒールの足音を響かせながら廊下を歩いていった。

◆◆◆

シャルルとソニアたち、ティエラリアからの援軍はみな、アルノーツの王城に招かれて一泊していた。

ソニアは久しぶりに一人のベッドで寝た。隣に寝起きの悪い顔のいい男がいないことに、寂しさのような違和感を覚えながらソニアは起床する。

部屋のカーテンを開けると、柔らかく、暖かな日差しが差し込んできた。

ティエラリアとは違う、アルノーツの日差し、アルノーツの穏やかな朝だ。

ティエラリアはまだ雪が溶け切っていないが、アルノーツはすでにすっかり春を迎えている。

窓の向こうに見える花壇には色とりどりの花が咲き誇っているのも見えた。

魔物の一部は王都にまで攻め入ったそうだが、シャルルをはじめとしたフェンリル騎士団の働きで被害は最小限に食い止められ、アルノーツ王都の美しい景観は保たれていた。

（……まさか、生きて故郷《アルノーツ》に戻る日が来るとは……）

　などとソニアは感傷に浸る。

　恩情をかけてやったにもかかわらず、欺いてきた敗戦国の偽りの花嫁、偽りの聖女として、きっと自分はティエラリアで処刑されるのだと思いながら嫁いで行ったのに。

　ティエラリアの人々は優しかった。

　自分は処刑されなかった。

『偽りの聖女』『侵略国の娘』として虐げられることもなかった。

　シャルルは「もしも『聖女』じゃなかったとしても、それを理由に君を害しはしない」と言ってくれた。ティエラリアでの日々を思い返し、ソニアは胸をじんと熱くさせる。

（……シャルル様は私のことを『本当の聖女』と仰ってくださったけれど、でも……正直、私はまだ、本当にそうなのか、自信がありません……）

　ずっと落ちこぼれの出来損ないと言われてきた。実際に、草木を枯らし、人の肉を腐らせた。ソニアは人に害を与えても、人に益を与える存在ではなかった。母は失望し、愛情の全てを妹に向けることで現実《出来損ない》から目を背けた。

（昨晩はここに泊まらせてもらえましたが……父と母は私に、なんと言うのでしょうか……）

　ソニアは己の肩をぎゅう、と抱いた。

身支度を整え、ティエラリア一行で食堂に集まって朝食を終えたところ、訪れた執事がアルノーツ城の広間に来てほしいと一行を呼んだ。

どうしたのだろう、とみなで言い合いつつ、執事の誘導で広間に到着すると、迎えたのはわあっという熱狂的な声と多くの人々だった。

ソニアは大階段の上から、広間に集まった人たちを目を丸くして見下ろす。

「ティエラリア王国騎士団！　我が町を救ってくれてありがとう！」

「……ソニア様！　ありがとう！」

「ソニア様！　ああ、よくぞお戻りで！　聖女の奇跡で魔物の群れを葬られたとか……！」

「アイラ様が三日三晩戦っても叶わなかったのに！　ソニア様がいらっしゃったらあっという間に勝ってしまった！　ソニア様！　万歳！」

「聖女様、万歳！」

「……あの港町の住民たちのようだな、君の活躍を聞きつけてやってきたんだろう」

ぽかんとしているソニアに、そっとシャルルが耳打ちする。「俺たち《ティエラリア》は完全についでだな、実際活躍していたのは君だしな」と苦笑しつつ。

「わ、私ですか？」

「ああ、俺なんかは王都に紛れ込んできた数匹をやっつけただけだもの」

「そんな……。それに、アイラだって……」

「アイラ王女が苦戦していたところ、君が現れて状況が好転したんだ。君を救世主と思うのも無理はないだろう」

「……」

「別に俺たちや君の妹の名誉を君が奪った、というわけじゃない。彼らにとって、君がそう見えたというだけのことだ」

「その、シャルル様……」

　顔を曇らせるソニアに対し、シャルルは小さく首を振る。

　そして、ソニアの肩に手を置き、ソニアの瞳を見つめながら言った。

「君の名誉は君が受け取るべきだ」

「……はい」

　シャルルの透き通った瞳を見つめ返してソニアは頷き、集まった人々に対して手を振った。

　わあっと歓声がひときわ大きくなる。

「ソニア様……！　ソニア様がいなくなってからアルノーツはおかしなことばかりで……」

「アイラ様はどんどん弱っていかれるし、あろうことか魔物が出てくるようになったり……」

「みんなで噂をしていたんです、大切な聖女様を他国にお嫁に出したから災いが起きているんじゃないかと……」

「こ、こらっ、ティエラリアは俺たちを助けにきてくれたんだぞ！　それにソニア様の隣におられるのはティエラリアの王弟殿下だ！」

（……私が、いなくなってから……本当に、そんなことが……）

ソニアは歓声に紛れて忙しなく口々にしゃべる人々の言葉のいくつかにハッと意識を持って行かれた。

「ソニア様は落ちこぼれ、大神様はみかねて大慌てで妹君のアイラ様が優秀な聖女になるように祝福されたんだ、なんて言ってたんだけどねえ……」

「アイラ様の力が弱まったのも、作物の実りが悪くなったのも、魔物が出るようになったのも、全部ソニア様がお嫁に行ってからだもの。実はソニア様が『真の聖女』だったんじゃ……」

（……アイラ……）

集まった人々は自分の喋る声など聞こえていないだろうと踏んでいるのだろう、高揚感から気持ちが大きくなってしまっているのかもしれない。だが、その声は存外に大階段の上にまでしっかと届いていた。


アルノーツの港町、カイトンの住人らの前から撤収し、一行はティエラリアの騎士団のために用意された区域まで戻る。

控えの間として用意された部屋ではあるが、そこにいても特にやることはないので、一人、また一人と騎士団の騎士たちは強行軍でアルノーツに向かい疲れている身体を休めるため自室へと帰っていった。

広い部屋の中、残ったのはシャルルとソニアのみ。二人で並んで腰掛けても余裕のある大きなソファに、二人は静かに座り込んでいた。

「……なんというか、国民性なのかな。アルノーツの国の人たちは……調子がいいな」

二人きりになるなり、シャルルはぼそりとそう呟いた。

「す、すみません」

「なんで君が謝るんだ、怒るんだったらわかるけど」

「えっ⁉」

「君が『ずいぶん調子がいいじゃない』って彼らに怒るのならわかるよ。……君はきっと、そうは思わないんだろうが」

ソニアは一瞬沈黙したのちに口を開く。

「ずっと私のことを、落ちこぼれの出来損ない扱いしていたのに、活躍したところを少し見せたら手のひら返しをしたから……ですか」

「ああ、一応そうは思っているんだな」

「私も、そこまでバカじゃありません……」

ソニアは複雑な胸中のまま、首を振る。彼らがそう思うのはしょうがないことだ。

事実、ソニアがかつてアルノーツで聖女として過ごしていたころはソニアは無能以外の何者でもなかった。

草木を枯らせ、人の肉を腐らせる女。ただ唯一得意なことは魔物を滅することだけ。アルノーツが期待する聖女の役割をこなせないソニアは落ちこぼれの出来損ないでしかなかった。

アルノーツは世界で唯一、魔物の存在しない平和で豊かな国。

なのに、ソニアがいなくなった途端、国に残った優秀だったはずの聖女が力を失い、少しずつ魔物が現れるようになってしまった。

いままでありえなかったことが起こった。そのときに人が『ソニアがいなくなったからそうなったのではないか？』という可能性に行き着くのは自然なことだ。

そして、本格的に魔物の脅威が及んだときに現れて事態を解決に導いたソニアを『救世主』『聖女』と扱いたくなる気持ちは、ソニアでも理解できた。

「わかります。ですから、だからこそ、怒りの感情は持ちません」

「そうか……」

「……私が思うのは、妹は……アイラはどうして力が弱まってしまったのかと、アルノーツは……これからどうなっていってしまうのか。それだけです」

ソニアはそう口にしたきり、黙り込んでしまった。

（もしも……本当に、私がいないから、そうなってしまったのだとしたら……）

唇を結んだまま、ソニアは逡巡する。

「ソニア、君はどうする？」

「えっ」

不意に口を開いたシャルルに、ソニアは目を丸くして、顔を上げる。

「みんな、君のことを『聖女』だと思ってくれているよ。このままアルノーツで、アルノーツの聖女として生きていくか？　それとも、ティエラリアの……俺の花嫁で居続けてくれるか？」

「……シャルル様。それは」

口ごもるソニアの言葉の続きを待たず、シャルルは話を進めた。

「君と俺の結婚は、君が望んだものでないことを俺はよくわかっているよ。俺は君が聖女でも、聖女じゃなかったとしても、大切な俺の唯一の妻だと思っていたけれど……でも、君にとっては俺との結婚は強制的な契約結婚だったろう？」

「……」

「さっき彼らも言っていたろう。君がいなくなってから、アルノーツは散々だって。良くないことばかり起きていて、残った聖女のアイラ王女も求められる役割を果たせないほど力が弱まってしまっている」

「はい……」

国民たちがわざわざ嘘を言う必要はない。彼らの言葉は全て真実だろう。

アルノーツは今、困窮している。

「君は本当に聖女だった。アルノーツには君《聖女》が必要だった」

シャルルのオリーブグリーンの瞳に、ソニアは射貫かれているような気分だった。

ソニアはシャルルのこのきれいな瞳が好きだが、いつも以上に真剣な彼の瞳に見つめられているのは怖い気がした。

ごくりと、唾を一度飲み込んでから、ソニアはゆっくりと喋り出す。

「……私は、和睦の条件として嫁ぐことになった花嫁でした。ですが、アルノーツはティエラリアを欺いた。もはやこの結婚に大義はありません。『和睦』という恩情をかける必要もない。それであるのに、アルノーツはティエラリアに救われた。アルノーツは改めてティエラリアに全面降伏し、ティエラリアの全ての要求に従うべきでしょう」

ソニアは暗に、『私はこれからどうするかを選べる立場ではない』とシャルルに言う。賢い彼にはソニアの意図は伝わっているだろう。

本音を言えば、ソニアは『自分に選ばせないでほしい』と思っていた。

シャルルはそっと瞳を細めてソニアを見つめる。

「ソニア。ティエラリアは大丈夫だよ、厳しく寒く、長い冬には慣れている。君がいなくなったとしても、また冬が元通り長くなるだけだ」

「シャルル様……」

「だから、君はどうしたい？　今ならきっと、彼らは君を歓迎する。君のことを冷遇してきた父親も母親も……君がいなくなってから実害はハッキリと出ているんだ、以前のような扱いはしないだろう」

「それは……」

シャルルの声色はひどく優しかった。だが、ソニアの胸はずきりと痛む。

シャルルに、「君はアルノーツに帰ったほうがいい」と言われているような気がした。

わかる。ソニアもそうかもしれないと思った。

アルノーツにいた頃はそんなふうには微塵にも思っていなかったけれど、自分は――シャルルの言う通り、過剰すぎる力を持っていて、ただそこにいるだけで力を発揮していたのかもしれない。草木を実らせることはできない、人のちょっとした傷を癒やすことはできない。だけれど、少なくとも自分がいれば、魔物がアルノーツに現れることはない。

もしかしたら実は、気づいていなかったけれど、自分はアルノーツに必要な聖女だったのかもしれない。

「俺は君の力の説明ができるよ。アルノーツ国王陛下に、君が持つ力と、そして……その力と君の妹との関係性も説明できる」

「……」

「君は、アルノーツに帰りたい？」

続いて投げかけられたシャルルの声はまた一段と優しく、甘いものだった。

これという返事ができないソニアは胸の前で手元をいじりながら、ぽつぽつと話す。

「……アルノーツは、私がいないと……困るのでしょうか……」

「そうだな、今のままだとね」

「……」

押し黙るソニアに、シャルルは急に表情を和らげて笑って見せた。

「ソニア、でも、俺は解決策も頭にあるんだ」

明るい声でシャルルは言う。少しおどけた仕草で自分の頭をコツンと軽く叩きながら。

ソニアは目を丸くしてシャルルを見る。

クスリと笑ってから、シャルルはソニアの手を取った。

「だから、君は選んでいいんだ。アルノーツに帰りたいのか、俺の花嫁でいたいのか」

問われて、ソニアはほとんど反射的に口を開いていた。

「わ、私は、シャルル様の花嫁でいたいです」

「……ソニア」

「きゃっ」

低い声で名を呼ばれた、そう思ったときにはもうソニアはシャルルの腕の中にいた。

背の高い彼に抱き上げられ、足が浮く。

「ソニア、愛している」

シャルルはそう言うと一層強く、ソニアを抱きしめた。

「……シャ、シャルル様⁉」

地に着かない足を思わずじたばたとさせながら、ソニアは片手で彼の大きな背を叩いた。

「……すまん、気持ちが抑えきれなかった。今後気をつける」

突然のことに頭がついていかず目がこぼれ落ちそうなほど見開くソニアに対して、口元を押さえながら至極申し訳なさげにシャルルは言った。わずかに耳が赤らんでいる。

優しく地上に降ろされてもなおソニアは目を丸くしたまま固まって直立していた。

（今後……今後もそんな機会がある……？　あれ、でも、私はシャルル様の妻だから……今後もあって当たり前……？　そう……そう……なのかな……？）

感情のままに、こんなふうに思い切り抱きかかえられるようなことがこれからまたあるのだろうか、とソニアは頭の中を疑問符でいっぱいにさせるので精一杯だった。

シャルルは少しバツが悪そうに苦笑する。

「まあ、本当なら一番いいのは君がアルノーツに帰ることなんだろうけどね。でも、建国祭で君をお披露目するつもりだったのに、『花嫁に実家に帰られました』じゃあさすがの俺もちょっと恥ずかしいから助かった」

「そ、そんな……」

「冗談だよ。そんなことはどうでもいい、カッコつけない本音を言うなら、君を手放さないですみそうで嬉しくってしょうがない。それだけだ」

「ひえ」

とんでもない甘い言葉と共にもう一度抱きしめられて、ソニアは文字通り情けない声を出した。

そんなソニアのことを、シャルルは愛しげに見つめて、ニコ、と微笑むのだった。

ソニアの両親、すなわちアルノーツ王国両陛下と話をする機会はすぐに訪れた。

元々、シャルルとソニアには、その日の午後に陛下直々から感謝の意を伝えたいとアポイントメントがあったのだ。

「……アルノーツの危機を救っていただいたこと、感謝しよう。貴国の建国祭もまもなくでお忙しいところ、まことにご迷惑をおかけした」

王の間で相対したアルノーツ国王・ケイオスの口から出てきたのは無難な感謝の言葉だった。王の間にも魔物の襲撃があったようで、窓が応急処置で直されていたが、部屋の中は襲撃があったとは思えないほど美しく整えられていた。

シャルルも礼をして「友好を結んだ国の危機、助けに向かうのは当然のことです」と落ち着いた様子で返す。

一通りの社交辞令が済んで、ケイオスが「では……」と切り上げようとしたところで、シャルルは「一つよろしいでしょうか」とスッと手を挙げた。

ケイオスは片眉を歪め「ヒッ」と声をわずかに漏らし、動揺を見せたが、咳払いをするとシャルルに発言を促した。

「恐れながら、進言いたします。アルノーツはまた再び、魔物に襲われるでしょう。いえ、もっと正確に言うのであれば国内に魔物がいるということが常態化していくはずです」

「なっ、なんだとっ」

静かに告げられたシャルルの言葉にケイオスは咄嗟に席を立ち、拳を固め、肩を怒らす。

父の様子にソニアが息を呑んだのを見て、シャルルはそっとソニアの肩に手をやりつつ、目を眇めてケイオスを見つめながら話を続けた。

「港町カイトンでの魔物の大量発生、および南西部森林地域での魔物の出没。これは偶然などではない、他の国ならばそれが当たり前の状態なのです。いままでは聖女の加護により魔物がいなかっただけ、聖女の加護がなければ国内のどこかには魔物がいるのがこの世の普通です」

「貴様！　このアルノーツ王国が聖女の加護を失ったと言いたいのか！」

「はい」

「なんて恐れ多いことを！　ああ、神よ、蛮族の国の申すことです、どうかお許しください……」

王は激昂し、王妃は嘆いて天の上の神に赦しを請うた。

アイラは眉根を寄せ、ジッとシャルルを睨むように見つめる。

だが、シャルルは首を横に振る。

「いままでであればありえなかったことが、ソニアがいなくなってから起こるようになった。……そうですね？」

「……そ……そうだ……」

「となれば、彼女《聖女》を失ったからそうなったと考えることが自然でしょう」

「……」

その疑惑がいままでなかったわけではないのだろう。

アルノーツ王家の面々は揃って顔を下に向かせる。

「和睦の条件に聖女を求めたのは我々です。まさか、それでこのような事態になってしまったのは我々としても予想外でしたが……」

「そっ、そうだ！　貴様らが聖女を寄越せと言うから私は……！」

「はい。私たちティエラリアの人間が知っていたのは、『アルノーツ王家に生まれた女性に聖女の力が宿ること』、そして『今代のアルノーツ王女は二人姉妹であること』だけです。聖女の力を持つ存在が二人いるのであれば、そのうちの一人を欲しがってもそう支障はないはずだと考えておりました」

「よくもまあ抜け抜けと……。そうだ、考えてみれば、事の発端は貴様らティエラリアではないか……！」

「……事の発端、というのであれば、貴国の侵略から始まったのではないかと思いますが……」

国王ケイオスはますます顔を赤くする。だが、反論の弁がないのか、何も言い返せない。

（……そもそも、私は『聖女の出来損ない』ならくれてやってもいいだろう、という感じで送り出されたわけですが……）

シャルルから「俺に全部任せてくれ」と言われていたソニアは姿勢良く、シャルルの隣で大人しくしていた。とはいえ、目線は父にシャルルにと忙しなく動いてしまっていたが。

「アルノーツの王女は二人、すなわち聖女は二人いたわけですが、この二人の力は同じ聖女とはいえ、持つ力は同じではありませんでした」

「……ふん」

ソニアは落ちこぼれ、聖女の出来損ないなのだと評していた国王と王妃は揃って顔を歪めた。

アイラだけは少し毛色の違う神妙な表情をして、睨むようにシャルルを見る。

「ソニアの力は過剰すぎる。ソニアの力をそのまま使えば……みなさんもご存知の通り、一見『厄災』のようなことが起こっていたのでしょう」

「……なんだ、貴様もわかっていたのか？　ソニアの力を試してみたのか、フン、よくそれでアイツを『聖女』と言えたものだな」

「陛下、恐れながら、私は『過剰すぎる』と申し上げたのですよ。ソニアは間違いなく聖女の力を持っている。規格外なほど大きな力を」

「草木を枯らし、人の傷を癒やすどころか腐らせる力が……か？」

「普通には扱いこなせない力。それでは『聖女』の勤めには不十分。……そこで必要となったのが、アイラ王女殿下です」

「あ、あたし？　ふふん。なるほど、姉は有り余る力を使いこなせない落ちこぼれだから、代わりに神様はあたしを優秀な聖女として生まれさせたんだろう、ってこと？」

　急に名前が出てきたことに、機嫌を良くして金色のロングヘアーをたなびかせたアイラだが、

「いいや」とシャルルは静かに首を振った。

「君は彼女の『調整役』なんだ、アイラ王女殿下」

「……どういうこと？」

　アイラは愛らしい顔をひきつらせた。

「ソニアの聖女としての力は過剰すぎる。普通にはその力は扱えない。……だから、君は、彼女のその過剰すぎる聖女の力をちょうどよく使えるように『調整役』として生まれてきたんだ」

　アイラは目をぱちくりとさせ、一拍置いてからシャルルに食ってかかった。

「……なにそれ。あたしが、お姉様のおこぼれで聖女の力を使ってた……ってこと⁉」

「ああ。ソニアの過剰すぎる力を妹である君が借りるような形で受け取って、そして力を行使していたんだ。それならば、ソニアがいたときは問題なく力を使えていた君が、ソニアがアルノーツを離れてからは聖女の力が弱まっていったことにも説明がつく」

「……っ」

「君はティエラリアにも一度やってきたな。ソニアにも会っただろう？　……そのとき、もしかして、弱まった力が少し回復しなかったか？」

　心当たりのあるらしいアイラはぐり、と歯を噛み締めたようだった。

「あなたたちの国にも同じ伝承があるかはわからないが、俺たちティエラリアとアルノーツの国境近くにある集落では『大神は祝福の量を間違えることがある。そして、そのあと『調整』をするのだ』という言い伝えがあるそうだ」

「そ、そんなのは、単なる伝承だ！　まさか、そんな……」

「だが、実際に起きていることを考えてみてほしい。ソニアがいたときにはアルノーツの国に魔物はいなかった、妹のアイラ王女も力を使えていた。しかし、ソニアがいなくなるとアイラ王女はどんどん力が弱まっていき、聖女の加護が薄れたことで魔物がやってくるようになった」

「……くっ」

　ケイオスは苦虫を噛み潰したような表情でシャルルを睨んだが、このまま二の句が継げられることはなかった。

「貴国の王女、聖女アイラは単身では聖女の力を使うのはままならない。彼女は過剰な力を制御できないでいるソニアが傍らにいることで、初めて聖女の力を扱うことができる」

「……なんてこと……」

嘆き声をようやく絞り出せたのはアイラ本人ではなく、彼女の母マルガレータだった。

アイラは青い顔で自分の爪を噛み、ソニアとシャルルを睨んでいたが、それだけだった。

「……そこで、ご提案なのですが」

「なんだ……ッ、ソニアをアルノーツに帰すというのか……？」

「そんなわけはないでしょう、私は『聖女』であるかどうかにかかわらず、妻を一人の女性《ひと》として愛しています」

ケイオスは驚きで目を見開き、王妃マルガレータは「まっ」と言いながら少しだけ頬を赤らめて怪訝にシャルルとソニアを交互に見た。

「それが大前提であるうえで申し上げますが……敗戦国に恩情をかける条件の『聖女』を、益もないのにお返しするわけないでしょう？　貴国はもう少し他国との関わり方を学んだほうがいい」

瞳を伏せ、落ち着き払って言ってのけたシャルルにケイオスは眉間に皺を寄せたが、今の自分の立場を弁えているのか、苦言は呑み込んだようだった。シャルルと対峙している父の姿が、やけに小さくおどおどとして見えるのはソニアの気のせいだろうか。

「ティエラリアでは先日、雪崩により国境近くにあった集落が一つ潰されました。私、王弟シャルルはその地に領主として赴く予定です。ソニアと共に国境沿いに住まえば、おそらくアルノーツにも加護の恩恵がいくでしょう」

「……つまり？」

「ご提案です。ティエラリア王国王弟妃ソニアの力を貴国にお貸しするその代わりに、報酬として貴国の農畜産物の三割をいただきたい」

「さ、さんわり!?　お、おい、本気で言っているのか？」

「妥当なところでしょう。今後魔物に頻回に襲われるようになれば、三割以上の被害が出ることは見込まれますし、聖女の力は実りを与える力もあるのですよね。となれば、聖女の力による報酬物として求めるには、むしろ良心的な数字かと思いますが……」

シャルルは顎に手をやり、「ふむ」と考えるそぶりを見せる。

整った容姿であるゆえに、そういった所作も堂に入って見える。

ソニアが完全に棒立ちでいるのは、「俺に任せて」と言われているから――という以上に、ただただ話の展開についていけないから、というのが正直なところだった。

（……ウロボス様の集落がティエラリアの辺境領として再興されるという話も、私たちがそこに住まう予定というのも、私……初耳なのですが……）

だが、その情報自体はハッタリではないのだろう。この交渉はハッタリかもしれないが。

（アルノーツ王国とのことが無くとも、元々あの地に辺境領としてお住まいになる予定はあったのでしょう。ここぞとばかりに、交渉している……ということでしょうか……？）

ぼんやりとソニアがそんなふうに考えているうちに、シャルルは「そうだ」と笑顔で手を叩き、

　改めてケイオスに条件を打診した。

「恒常的に三割、そしてティエラリアの要請があればアルノーツ王国において特段の理由がない限り、要請に応じて任意の農畜産物を任意の量融通する、辺りでいかがでしょうか」

　ケイオスの反応はない。シャルルはどこか悲しげに目を伏せ気味に、小さく頭を振った。

「――もうお忘れでしょうか。近衛兵が魔物の手によってなすすべなくやられ、己が身にもその脅威が迫っていたことを」

「……！」

　ケイオスは絶句する。

　――だが、『魔物による被害』を考えると、どうやら頷くしかないようだった。

「……」

　王の間を退室してからもソニアは放心状態だった。

「な、なんだか、まとまってしまった……？」

「ティエラリア《俺たち》のほうが圧倒的に上の立場だからね。当然だよ」

　ハハとシャルルはさきほどまで国王陛下らを脅していたとは思えないほど爽やかに笑った。

「……まあ、ぐうの音も出ないようにしてやるのはこれくらいかな。あんまり絞ってもそれで本当に困るのは王ではなくて国民たちだからな……」

「シャ、シャルル様、すごいですね……」

「ちゃんとした検証は今後になるが、おそらく、国境沿いに君がいればアルノーツの国の三分の二ほどはカバーできるんじゃないかな。そして、君の力の受信役である妹を経由すれば余裕でアルノーツ国全土に聖女の加護を与えられるだろう」

「ええと……」

本当に大丈夫なのだろうか、とソニアが不安な表情を浮かべていると、シャルルは目を細めながら説明を続けた。

「君がティエラリアの王都で住まうようになってから魔物の勢力が弱まった地域とその範囲をまとめていたんだ。それを参考に計算してみた」

「な、なるほど……？」

いつの間にそんなことをしていたのだろう。そういった調査もフェンリル騎士団の職務の一つなのだろうか。

「ティエラリア王都から、アルノーツの王都まではさすがに範囲外みたいだけどな。それで君の妹はどんどん力を失っていたわけだ」

『調整役』と言われたときのアイラの表情を思い返し、ソニアは複雑な気持ちになる。

お互いに『そういうふうに生まれてしまったから』としか言いようがないが、ソニアはアイラに対して憐憫《れんびん》の気持ちが浮かんできていた。

（私が一人ではまともに力を使えないせいで、これまでアイラが代わりに『聖女』として頑張ってくれていたのだから……。『あたしはお姉さまのおこぼれで力を使っていた』みたいに思わずに、いままで通り自信満々でいてくれたらよいのだけど……）
いままでは少し、歪な形だったけれど、お互いの力を自覚したこれからは姉妹二人で協力して聖女の力を使い合えるだろうか。

カイトンで魔物を殲滅するときに二人で力を使い合ったのは、少し楽しかったなと思い出しながら、ソニアはアイラがこれからも『アルノーツの聖女』として活躍することを祈った。

「アルノーツの豊富な農畜産物もいただけることになったし、これで我が国の食糧問題も少し解決だな。自国での生産力も並行してあげて行かなければならないが……。君の力を借りたら、少しは良くなるかな？」

「わ、私、でも、草木はやりすぎて枯らしますが……」

「色々検証してみよう。君が水やりしすぎた畑だけよく育つとかあるかもしれない。……肥料を作ってもらうとかいいかもな」

「が……頑張ります！」

「ほどほどにな。なんだか、君にやってもらうことがすごく多くなりそうだ」

胸の前で両手を固めるソニアを見て、シャルルはクスリと苦笑する。

「君に頼りきりでも、君がいなくなった後の代が困るからな、頑張らないとだ」

「……はい！」

そして、ソニアは『ティエラリアの聖女』としてシャルルと共にティエラリアへ帰還した。

第八章　これから

「ティエラリア王国、万歳！」

「聖女様、万歳！」

「猛き王弟と、花嫁様に幸あれ！」


アルノーツでの魔物騒動があったものの、予定通り開催されたティエラリアの建国祭はいつも以上の盛況ぶりを見せた。

例年であればティエラリアに魔物が多いことを理由に参加を辞退する国が、ティエラリア王都周辺での魔物の出没数減少の知らせを受けて出席するようになったり、普段ならばもっと来賓への警備にコストがかかるのだが、そのコストを別のところに回せるようになって、より華やかな祭りとすることができたりと、そんなわけで今年の建国祭は非常に賑わった。

「どうなるかと思ったが、ダンスの練習も間に合ってよかったな。君が義姉さんと頑張って練習していてくれたおかげだ」

「きょ、恐縮です……」

アルノーツからの救難要請があったのは建国祭のじつに二週間ほど前のことだった。フェンリルたちを急ぎ走らせ港町カイトンに赴き、その日のうちに事態を解決して一泊したのち、すぐさま帰国してようやくなんとか間に合ったのだった。

　その活躍はティエラリアはもちろん、各国の来賓もすでによく知っていて、王都の中心に設けたステージの上に、シャルルとともにソニアが登場すると、「あれが噂の『聖女』か！」と非常に大きな盛り上がりを見せた。

（ひっ、身に余る歓声！）

　ビシリと背をまっすぐにした固まるソニアの肩をやんわり抱き、シャルルは笑む。

「花の国から来た俺の最愛の花嫁だ」

　シャルルがハッキリとよく通る声でソニアをそう紹介すると、来賓一同、集まった民衆たちは揃ってより一層大きな歓声をあげる。

（あっ、煽らないでください～！）

　ソニアはガチコチに固まって不自然すぎるほど口角を上げて微笑むしかなかった。

（この……怒涛のいたたまれなさは……結婚式のときのことをちょっと思い出しますね……）

　ともあれ、リリアンをはじめとする侍女隊が今日の日のためにソニアのことをとびきり美しく、華やかに磨き上げてくれたおかげで、黙って微笑んでさえいれば思わず息を呑むほどにソニアは美しかった。

　ティエラリアでは貴重な生花を柔らかな細い金糸のような髪に絡ませたソニアはまさに『花の国から来た美しい花嫁』の容貌だった。

　ソニアは多くの人に囲まれている緊張感の中、隣にいるシャルルを見上げる。

今日の彼はまた一段と男前に見えていた。端整な顔だちがハッキリと見えるよう、前髪をあげ、その凛々しいルックスを惜しみなく晒していた。

ふと、目が合うと、シャルルはソニアの手をとり、口付けてみせる。巻き起こる歓声。

狼狽えるソニアにシャルルは少し茶目っ気混じりにウインクして見せた。

ここに誰もいなければソニアは「わー！」とか「きゃー！」とかの類のことを叫んでいたが、今この場でそんな姿を見せるわけにはいけないことくらい、教養のないソニアも弁えている。ソニアは少し迷って、シャルルの片手を両手で包み込み、そしてそのまま彼の胸に甘えるように自分の身を預けた。

ピューという囃し立てる口笛の音に混じり、どこからともなくウゥーと聞き覚えのある鳴き声が聞こえてきた。

「……ソニア、本当にきれいだ。式の日を思い出す」

「シャ、シャルル様こそ、とても、その……ご立派です」

国王カイゼルや王妃マリアも壇上に上がり、やがて、音楽隊が音楽を奏で始めた。ティエラリア王族に伝わるという伝統の踊り。元はティエラリアの母体となった民族が踊っていたものという。

ソニアはあまり音楽や芸術に詳しくはなかったが、この踊りの曲は好きだと感じていた。ハイテンポなメロディと打楽器の音が胸に響いて、身体の芯が温かになる。

（……私、この国のこともっと知りたい。この国がどうやってできたのか、それまで分かれて暮

らしていたいろんな集落の話や、フェンリルの神様のお話ももっと知りたい）

ソニアはシャルルの手をしっかと握り、踊りながらそのように思って、瞳を揺らした。踊りに集中しているせいか、いつの間にか目の奥が熱くなっている感じがした。

（私は……このティエラリアで、ずっと暮らすのだから……）

何度も何度も聞いてきた楽曲の音を、どこか遠くに感じながら、ソニアはシャルルの瞳を見つめる。オリーブグリーンのとてもきれいな澄んだ瞳。

（私、シャルル様のことが……大好き。この人と一緒にいたい）

そう思いながら、ソニアはステップを踏んだ。

音楽はいつしか鳴り止み、ダンスのときは終わりを迎える。

ソニアはふう、と小さく息をついた。

一拍の余韻ののち、わあっと歓声があがる。

「ティエラリア王国、万歳！」

「我らが王族に、永遠の幸あれ！」

「シャルル様！　お幸せに！」

「マリア様ー！　あなたは永遠のマドンナです！」

ソニアはほんのりとした高揚感に浸りながら、ティエラリア王都に集まった人々を見下ろす。

この国は、きっと良い国なのだろう。人々の顔の明るさから王族への好感の高さが窺えた。

（……なんだか一部、偏った熱狂的な声も聞こえてきましたが……）

国王夫妻は堂に入った様子で手を振り、歓声に応えている。ソニアもそれに倣い、シャルルの横で小さく手を振った。

「……ソニア」

小さく呟かれた声が聞こえて、ソニアはシャルルを見上げる。

キラキラとした目のシャルルがそこにはいた。

「祝福の声が君にも聞こえた？」

「はい、シャルル様」

ソニアが答えると、シャルルはとろけるように目を細めさせた。シャルルの長い指がソニアの頬を撫でる。くすぐったさにソニアも同じように目を細めた。

「俺たちにとったら、今日こそ本当の意味での『結婚式』かもな。あの日は政略によって結ばれたが、今日は……」

「シャ、シャルル様」

「ずっと大切にする。俺の最愛」

「きゃ――」

ソニアはいつぞやのように、シャルルに抱き上げられていた。ソニアも背が低いわけではないのに、シャルルの背があまりにも高いせいで、こうしてすっかり抱きかかえられてしまうのだ。

ここでじたばたとするわけにもいかず、ソニアはぎゅうとシャルルの首に腕を回して、静かにシャルルが満足するのを、目を伏せて待った。白い頬を赤く染めながら。

出番を終えて、控え室で二人、少しだけくつろぐソニアとシャルル。シャルルは長い指先でソニアの細い髪をゆっくりとときながら、優しい声で囁いた。

「『聖女』と呼ばれるに相応しい美しい気品に溢れた花嫁だ、とみんなが話すのが聞こえた」

「恐縮すぎますね……」

「聖女と呼ばれるのはまだ慣れない？」

「……はい。私が本当に『聖女』の力を持っているのだとしても、私がかつて一人の人の腕を壊してしまったことも消し去れない事実です。私の力は、『厄災』の力でもある」

「ソニア」

シャルルはそっとソニアの細い身体を抱きしめる。

「これからは一緒に、君の力の使い方を考えていこう」

「……はい」

これ以上に力強い言葉はない。ソニアは目頭を熱くさせながら頷いた。

「私、みなさんのお役に立ちたいです。だから……頑張ります」

「ああ。でも、そう気負わないように。君がここにいてくれるだけで、俺もティエラリアのみんなも、それだけでいいんだから」

あまりにも愛しげな目つきと声色にソニアは慌てて首を振る。

「そ、そんな、私、なんだかんだで『聖女』の力がなかったら、それこそなんの取り柄もない女ですから」

「俺は君が『聖女』じゃなくても好きになっていたよ」

「ひえ」

「いつも君、そういう反応するよな。そろそろ慣れてほしいが……」

「すすすすすみません」

シャルルは苦笑したのちに、一転して真顔になって、ソニアの目をじっと見つめた。

「……そういうところも好きだよ。素朴なところとか、斜め上でも自分で色々考えて行動しようとするところとか、嘘がつけないところとか、結構頑固なところとか」

「私、頑固ですか……？」

「最初の頃は俺がなにを言っても『私は罪人ですから……』って言い続けてたろ」

ソニアはぐうの音も出てこなかった。

シャルルはくすくすと笑う。その間にも、シャルルはソニアの髪に指を絡ませていて、少しくすぐったい。

「君は？」

「えっ、わ、わたし？」

「君は俺のこと、好きなところある？」

「……え、えーと……」

急に振られるとは思っていなかったソニアはわかりやすく狼狽える。

ちらちらとシャルルを窺い見れば、絵に描いたように美しく整ったその容姿で愛しげに目を細めてソニアを見つめていて、さきほど壇上にいたときは我慢していたが、今度こそ耐えきれずソニアは「ひゃー！」と思い切り悲鳴をあげた。

「か、か、か、顔が良すぎます！」

「顔？　……君、俺の顔が好きなのか？」

シャルルはきょとんとして、ソニアに聞き返す。

ソニアは涙目でコクコクと頷いた。

（ほ、ほんとうはもっと色々あるのに、一番俗っぽいことを挙げてしまった……！）

思わず口をついて出てきてしまったあまりにも浅い『シャルル様の好きなところ』に、我がことながらソニアはショックを受けていた。

だが、あまりにもシャルルの顔は良かった。そして、ソニアは事実シャルルの顔の造形がとても好きだった。

（アイラのことを『イケメン好き』だなんて言えない……）

――なんだかんだ、自分たちは似た者姉妹なのかもしれないとソニアは頭を抱えた。

「……そうか、嬉しいな」

だが、ソニアの思いとは裏腹に、シャルルは顔を綻ばせて見せる。

「……えっと」

「顔は自分の意思で選べるものじゃないからな。性格や言動よりも、努力ではどうしようもできない部分だろう？　俺の顔が君の好みでよかった」

　ソニアが「どうして？」と疑問符を浮かべながら、シャルルの表情を窺い見ると、シャルルはそう言いながら白い歯をうっすらと覗かせながら、ひときわ爽やかに笑っていた。

（ま、眩しすぎるんですが!?）

　そして、シャルルの大きな手のひらがソニアの手を優しく包み込む。

「結婚式でも誓った。今日の建国祭での夫婦の踊りのときでも、誓った。けど俺は、今ここでもう一度誓うよ。俺は君の良い夫であり続けたい。……これからも、よろしくな」

「は……はいっ」

「――失礼いたします！　シャルル様、ソニア様。もうじきに『大地の民』による演奏会が始まります！　お支度を――」

「ああ、わかった。……行こう。ソニア」

「は、はい……」

　シャルルのあまりにも強すぎる顔の良さに圧倒されたソニアは、とうとうこの場では『他にもあるシャルルの好きなところ』を挙げられずに終わった。

　大地の民の伝統音楽は素晴らしかった。これから、大地の民たちはティエラリア王国に属することとなり、そして、シャルルはその土地の辺境領主となって、大地の民と手を取り合い、あの場所を復興させていくのだ。

（私も一緒に……）

頑張ろう、とソニアが壇上の大地の民たちを見つめていると、ウロボスのひ孫がソニアに気づいて手を大きく振ってくれた。彼はソニアを指差しながら、ウロボスの服の裾を引っ張っていたが、そっぽを向くウロボスがこちらを見ることはなかった。——けれど、彼の性格を知っているソニアは不思議とそれを寂しいとは感じず、むしろ胸がくすぐったくなるような気持ちになった。

◆　◆　◆

建国祭を終えたその夜。ソニアは相変わらずシャルルと同じベッドで横になっていた。

（……いまさら、かもしれない。言い出すタイミングも見つからない、となると、今、言うしかないのでは……？）

相変わらず、というのはソニアが偽りの花嫁として彼に嫁いだその日以来ずっと、毎日彼と床を同じにするのが習慣となっていることである。

シャルルとソニアが夫婦関係でありながら、そういう意味で床を共にしたことはないとハッキリと知る人物はリリアンのみである。

結婚して半年を過ぎた辺りから、そろそろ子はどうだと聞かれることが増えた。義姉マリアなどはかなり明け透けに「シャルルは意外と情熱的なタイプだと思うのだけれどどうなのかしらオホホホ、大事にしてくれているのかしらウフフフ」とそれなりに頻繁に聞いてきたり、逆に彼女ら夫妻ののろけ話を聞かせてくれたりしていた。

（ふふふ、夫婦なのだから、そうなのですけど！）

年のわりに初心なソニアはそういった話題になるたびに冷や汗をかきながら愛想笑いを浮かべていた。

（私の事情で色々と気を遣っていただいていましたが……！　もはや、もう……！）

――覚悟を、決めるべきなのでは？

ソニアは握り拳に力を入れた。

今だ、今しかない。結婚式以来、みんなから夫婦の幸せを改めて祝福された今日こそ。

「あ、あの、シャルル様」

大層な意気込みのわりに、ソニアの口から出てきたのはだいぶ情けないへろへろの声だった。

「うん……？　どうした？」

すでにウトウトしていたらしいシャルルの声は低く、少し嗄《か》れていてソニアはどきりとする。

「あの……そういえば、私、あの、『聖女』だったみたいなんですが」

しどろもどろにソニアは切り出す。

「うん、そうだね」

「ですので……私たちの婚姻も、正当なものとなるわけですが……」

「ああ」

なにをいまさら、というふうにシャルルは怪訝な表情を浮かべる。

「は、初めのうちは、私が本物の聖女かわからず、元敵国から嫁いできた立場の危うい存在ということで、シャルル様に匿っていただくという意図で同衾していただいておりましたが、今は……」

「はは、ちょっと懐かしいな。最初はそうだったね」

「はい、でも、その、い、今は、名実ともに……ふ、夫婦です、よね？」

「ああ、君は俺の妻だよ」

キッパリと答えるシャルルに気恥ずかしさと共に頼もしさを感じるソニアは、赤らんでいた頬をさらに赤くして俯く。

よし、言おう、言うしかない、言うしかないのだ、とソニアは覚悟を決めて、俯いたまま、小さな声で言った。

「……その、とてもいまさらと思うのですが……わ、私たち、『初夜』って、するんでしょうか」

シャルルは一瞬虚をつかれたように、ぽかんとしたが、すぐにいつものように微笑んでソニアの頭を撫でた。

「そんなの、大した問題じゃないよ。俺たちはもうとっくに立派な夫婦なのだから、そんなのはいつだっていいだろう」

「そ、そうなのですか？」

「まあ、周りはそろそろ後継ぎだのなんだの気にする時期ではあるよな」

シャルルは形の良い眉を片方だけ歪めた。

シャルルもソニアのように周りから「そろそろ……」と言われる機会は増えているのだろうか。

「……俺は君が好きだよ。君のことが好きだから、君に触れていると幸せな気持ちになる」

優しく頭を撫でていたシャルルの手が、ソニアの後頭部にまわる。

シャルルはやんわりとソニアを自分の身に引き寄せて抱きしめた。

「……とても幸せなんだ。だから、君にも同じように感じてほしい。まだ……君は俺のことをそういう意味で好きじゃないのに、それをしてしまうのはもったいない」

え、とソニアは思ったが、それは声に出ないまま、シャルルの甘い声が続いた。

「俺がこうして触れただけで、君が幸せな気持ちでいっぱいになってくれるようになったら……」

含みを持たせたシャルルの囁きに、ソニアはドキドキとしながら言葉の続きを待ったが、しかし、それは続いてこなかった。

シャルルはソニアの赤い顔を見ながら、ニコリと微笑む。

「いつか君に、俺のことが好きで好きでしょうがないと言わせてみせる」

「ええっ⁉」

「そういうことになるのなら、それからだ」

シャルルは、なぜだか楽しげだった。

ソニアは言葉を無くした。

（もうすでに、好きで好きでしょうがないんですが……？）

もうとっくにソニアはシャルルのことが大好きだ。

シャルルもすでにわかっていたものだと思っていたのに、まさか。

（わ……私、さっき、好きなところ聞かれて『顔』って言っちゃったから……⁉）

ソニアがシャルルとのいままでのやりとりを思い返したり、今からでも「大好きです』と言おうかと悩んだりしているうちに、シャルルはソニアを抱きしめたまま眠りについてしまったようだった。

「…………」

シャルルの厚い胸板におでこをくっつけながらソニアは小さな声でシャルルの好きなところをぽつぽつと挙げていき、そして最後に「大好きです」と呟いた。

眠りの深いシャルルにそれが届いたかはわからない。

番外編　寄り添う者たち

自分は『王弟』である。

間違っても、自分は王にはならない。なれない。なるべきではない。

シャルルはそう理解しながら大きくなった。

誰かにそう言われたわけではない。だが、シャルルはそう思っていた。


父、ロランはかつて三番目の王子だったが、一番目と二番目の王子が死んだので、三番目の王子である彼が王位を継ぐことになった。

一番目と二番目の王子が死んだ原因は毒。暗殺だった。

二人の兄を謀略によって亡くした父ロランは、よく学び、国をよく治める王となった。ロランは兄二人を死に至らしめた派閥を自ら突き止め、裁いた。その中には国の統治に関わる重要人物もいたが、父は然るべき罰を彼らに与え、王宮から追放した。

父は己が幼かったときよりも、己の代でティエラリアの国をより良い国に変えようとせんとしてくれたのだと、シャルルは幼心に理解していた。

だが、それでもシャルルは恐ろしかった。

自分《弟》を王にするために、誰かが王位の第一継承者である兄を殺そうとするのではないかと。

それは嫌だ、とシャルルは思った。兄が死ぬのもそうだが、兄が王にならない未来を見たくはないという気持ちのほうが強かった。

母が病で死んだときからその思いはますます強くなった。子どもじみた思い込みだったかもしれない。けれども、もしかしたらという夢想を頭から消し去ることはできなかった。

（王になるのは兄貴だ）

フェンリル・ラァラの背に乗って王城を抜け出したシャルルは、『目覚めの丘』に来ていた。見晴らしもよくて、暖かい。シャルルはここで暖かな陽射しを受けながら、ラァラの柔らかな体毛に身体を埋めてうとうととするのが好きだった。

ティエラリアは寒い雪の国だ。シャルルはこの場所をこの国で一番暖かな場所だと考えていた。ここでラァラと共に過ごしているときが、シャルルには最も心の安らぐひとときだった。

心地よさに胸が満たされ、まさに眠りに落ちようとしたそのとき、急に陽射しが遮られ、シャルルはぱちりと目を開く。

兄・カイゼルが高い背を屈め、自分を見下ろしていた。目が合うと、カイゼルは「はあ」とため息をついて、頭を振る。

「シャルル、お前またご令嬢をつれなく振ったそうだな。マリアが相談を受けたそうだぞ」

「おかしいな、丁重にお断りしたはずだけど」

「その丁寧さが余計に冷たく感じられたのだろうよ、女性というのはそういうものだ」

シャルルは首を捻る。曖昧に言葉を濁してかわそうとしたら余計に執着されたことがあった。わかりやすく、適切な言葉で断るのもダメだとなると、女性の誘いをうまく断るというのはひどく難しいのだなと思わされる。

「まあ、父上もお前の婚約は焦っていないようだから、納得するまでいい人を探せばいいさ」

カイゼルは齢十にして国の侯爵令嬢だったマリアと婚約したはずだ。十歳の節目に結ばれた婚約だが、それ以前、シャルルが生まれる前から決まっていた婚約関係らしい。それに対して、シャルルは十二歳になった今も縁談の話は出ていない。

王になるべく育てられたカイゼルだが、年の離れた弟であるシャルルはあまり多くのことを望まれなかった。しかしシャルルはそれを不満に思うことはなかった、むしろ「ありがたい」と思っていた。

「兄貴。俺は野山に出て狩りでもしているほうが性に合っているよ」

シャルルは目を細め、傍らのラァラの毛皮を撫でながら答える。

「ラァラはすっかりお前の子守り役だな」

年の離れた兄、カイゼルはそっと苦笑しながら、ラァラとシャルルを見下ろした。

「ねえ、兄貴、ラァラは俺にくれるんでしょう？　見てくれ、こんなに俺に懐いている」

「調子に乗るなよ、お前に懐いているんじゃなくて、ラァラは世話焼きだからお前が危なっかしくていつもそばにいてくれているだけだ」

シャルルがわざと弾んだ調子のいい声音で言えば、兄はそれを知ってか知らずか、優しい声色

で嗜める。

兄は優しく賢い人間だった。シャルルは思う。きっと兄はシャルルの思惑を知っている。

（この国の王になるのは兄貴だ。兄貴はそうして育てられたし、それがふさわしい。年の離れた弟の、まだ子どものような俺を王に立てようとする者などいない）

シャルルはカイゼルが王位を継ぐそのときまで、自分は王の器には至らない幼い子でいようと決めていた。王というものがなにかもよくわかっていない、単なる『弟』であろうと。

兄の精悍な横顔を眺めながら、年の近い兄弟でなくてよかった、とシャルルは思う。もしも年が近ければ、シャルルもカイゼルと同じように王位を継ぐ可能性のある者として育てられていたかもしれない。そうだったなら、あえて継承権の低いシャルルを担いで、兄を害そうと目論む輩が出ていたかもしれない。シャルルは兄と揉めたくなかったので、己が生まれた時代と時期に感謝した。

父も、意図的に次子をすぐにはもうけなかったのかもしれない。兄を殺された自分の二の舞にはさせないと。

ふと、シャルルは思い返す。

ティエラリアの国には恵まれない暮らしをする人間が数多く存在する。ある日のこと、シャルルは兄と共に父に連れられて、重傷人が集められた病院を訪れた。

雪による被害、貧困による衰弱、あるいは魔物によって負傷した人々は思わず目を背けたくなるような姿をしていた。建物全体に良くない雰囲気が充満しているような気がして、今よりもさらに幼かったシャルルは「早く帰りたい」と思いながら父のマントをぎゅうと握りしめ、俯いて病棟を歩いた。

シャルルは横たわる怪我人の顔をまともに見られなかった。

そのうち、ある一人がシャルルに握手を求めた。彼がどんな顔をしていて、どこを負傷していたのかをシャルルは覚えていない、目を逸らしてしまったからだ。

シャルルが怯み、足を一歩引くのとほとんど同時に、兄は自ら進んで彼の手を握りに行った。なんと言っていたかは記憶にないが、おそらく、彼を勇気づける一言までも添えて。

シャルルはそのときの兄の姿がとんでもなく眩く見えた。

――この人が王になるのだ、とシャルルは齢八歳にして確信した。

それからはシャルルは積極的に兄の振る舞いを真似た。兄のようになりたい、兄のようにありたいと。

それと同時に、シャルルは「自分は王たり得ない」と思った。

人の真似事で人の上に立ち、人を導くことなどできない。自分は王にはなれない。自分は『王弟』として、兄の助けになるべくして生まれたのだと。

「……シャルル。ラァラもいるし、ここは魔物が滅多に現れない場所ではあるが、この国で絶対に安全な場所なんていうものはない。そろそろ帰るぞ」

兄の大きな手が、回想に耽っていたシャルルの銀の髪を撫ぜる。シャルルは「はい」と短く返して大人しく兄に従った。

ティエラリアは貧しい土地に作られた国だ。

今はずいぶんと良くなった。昔はもっと、ただ毎日を生きているだけで、多くの人が死んだと聞く。

国土は広い。だが、人が住める土地は少ない。寒いだけではなく、魔物の数だって他国と比べても格段に多い。

この場所を、大神に見放された大地と言う者もいるそうだ。

（……昔の人はなぜこんなところで暮らそうと考えたのだろう）

シャルルはラァラに跨がったまま、振り返った。丘の向こうに広がる一面の銀世界。太陽の光を受けて、白銀はキラキラと瞬きを見せる。

（この景色を美しいと思ったからだろうか）

それならば、少し理解ができる。シャルルは煌めく景色の眩さに目を細めた。

◆　◆　◆

波乱はなく、まだ父が健勝の間に兄は予定通り王位を継いだ。

（俺も兄貴も死ななかったな）

兄の戴冠《たいかん》式のとき、シャルルは密かによし、と拳を固めた。

　これからはもっと兄の役に立とう。兄の陰に隠れるように過ごしていたシャルルだが、兄の即位を機に頭角を現した。恵まれた体躯に育ったシャルルはフェンリル騎士団に入り、相棒ラァラと国を守る役目についた。

　役に立つ『弟』の務めを果たすため、シャルルは大いに励んだ。

　王位継承が絡まなくなり、一時よりも女性からのアプローチは減ったが、以前より幅広い立場の女性から言い寄られることが増えた。『王弟であるならば自分の身分でもみそめられる可能性がある』と見てのことだろう。

　シャルルは相変わらず女性からのアプローチは断り続けた。

　自分が婚姻を焦らなければいけない理由はない。自分の婚姻も兄の役に立つものになるべくとっておこうとシャルルは冷静に相手を見定めていた。

（……こんな俺でも、誰かを愛するということがあるんだろうか）

　シャルルはふと思う。

　恋はしないのだと決めていた。その誓いを覆したくなるほど愛おしい人も現れなかった。

　可愛らしい人、美しい人、好ましい人というのはいままでもいた。だが、その人たちのこともシャルルは愛することはなかった。

　シャルルが功績を重ね、騎士団長の地位を得たその頃。ラァラが妊娠した。

　フェンリルのメスはできるだけ一度は出産を経験させるが、ラァラの妊娠はこれが初めてのことだった。フェンリルの妊娠期間はおよそ十ヶ月。人のそれと同じくらいの長さだとシャルルは聞いていた。

愛情深いフェンリルは、妻が妊娠している間は夫が妻の世話を焼く。普段どれだけ人慣れしている個体でも、この期間は人間の干渉を嫌う傾向がある。

ラァラの夫、シリウスは片時も離れることなくラァラに寄り添っていた。

その様子を見ながらシャルルはなぜだか胸がぎゅうと締め付けられた。

（俺も、妻をこのように慈しむことができるだろうか）

不安だろうか、もしくは、期待だろうか。シャルルにはこの胸の痛みがなんであるか特定できなかった。

シャルルの婚姻はおそらく政略婚となる。もしも互いに愛情を抱けなかったとしても、愛情とは別で、シャルルは自分の相手を大切にしようと誓っていた。

仮に未来の妻が自分のことを嫌ったとしても、その婚姻を呪ったとしても、シャルルはその相手を一生の相手だとして大切にする。――そうとは思っているが、実際にそうできるのだろうか。

（……）

シャルルはそっとシリウスに手を伸ばした。

「シリウス、ラァラのことも撫でていいか？」

シリウスの頭を撫でながら、シャルルは問う。シリウスはラァラをチラリと横目で見てから頷いた。

シャルルの相棒であるラァラだが、彼女が妊娠してからというもの、こうして触れるのは久しぶりだ。記憶よりもラァラの体温は高いような気がした。毛並みは相変わらず見事で、触るととても心地よい。

シリウスは妻ラァラがシャルルに撫でられているのをじっと見つめていた。金色のその瞳は優しさと愛情に溢れている。

シリウスとラァラはとても仲の良い夫婦だ。二人は常に、尻尾を絡ませあいながら一つに丸くなって眠っていた。ラァラが子を宿す前から、シリウスは常にラァラが目の届く範囲にいて彼女を見守っていた。ラァラは好奇心が旺盛だから、シリウスはラァラのことがいつでも心配らしい。シャルルがラァラだけを連れて行ったときには、ラァラが帰ってくるとシリウスはたっぷり時間をかけて彼女の匂いを嗅ぎ、どこに行っていたのか、何をしていたのかを入念に確認しているようだった。

恋を知らないシャルルでも、シリウスがラァラを愛していることはよくわかる。

「……なあ、シリウス。愛する人ができたら、俺も君のようになるのかな」

シャルルは「そうなれたらよいな」と願いを込めながら呟く。独り言のようなシャルルの問いかけに、シリウスは不思議そうに目を細めた。

本書に対するご意見、ご感想をお寄せください。

あて先

〒162-8540 東京都新宿区東五軒町3-28
双葉社　Mノベルス f 編集部
「三崎ちさ先生」係／「牛野こも先生」係
もしくは monster@futabasha.co.jp まで

Mf
ノベルス

身《み》代《が》わりの落《お》ちこぼれ生《いけ》贄《にえ》聖《せい》女《じよ》は敵《てき》国《こく》王《おう》弟《てい》に溺《でき》愛《あい》される　～処《しよ》刑《けい》の日《ひ》はいつでしょう？ え、なぜこんなに大《だい》事《じ》にされてるんでしょうか～

2023年11月13日　第１刷発行

著　者　三《み》崎《さき》ちさ

発行者　島野浩二

発行所　株式会社双葉社
〒162-8540　東京都新宿区東五軒町３番28号
［電話］03-5261-4818（営業）　03-5261-4851（編集）
http://www.futabasha.co.jp/（双葉社の書籍・コミック・ムックが買えます）

印刷・製本所　三晃印刷株式会社

［電話］03-5261-4822（製作部）
ISBN 978-4-575-24691-9 C0093